Christa Stierl

Stimmen

INNSALZ

Christa Stierl
STIMMEN
Verlag INNSALZ, Munderfing 2020
Cover: Wolfgang Maxlmoser, Porträtfoto der Autorin: Leonhard Stierl
Gesamtherstellung & Druck:
Aumayer Druck + Verlag Ges.m.b.H. & Co KG, Munderfing
Printed in The European Union

ISBN: 978-3-903321-23-6
www.innsalz.eu

CHRISTA STIERL

STIMMEN

INNSALZ

INHALT

NÜCHTERN

Ich sage jetzt: Es schneit, und nicht: Die Flocken tanzen.
Ich sage: Ich bin traurig, und nicht: Der Schmerz, er schneidet.
Ich rede jetzt von Liebe, nicht von Schmetterlingen im Bauch.

Vielleicht baue ich Schneeburgen in der Seele,
verstecke mich hinter den Schießscharten,
werfe Eispfeile, unerkannt,
verwische meine Spuren für die Krähen.

Man schreibt nicht auf blanke Fenster
Man schreibt auf trüben Scheiben
schreibt: Ich war hier
für den, der lesen kann.

Vielleicht bin ich nüchtern geworden.
Mir ist dabei
ganz warm ums Herz.

STIMMEN

Prolog

Bei der ersten Begegnung mit einem Menschen, wenn man ahnt, dass er für das weitere Leben Bedeutung haben wird, gibt es so etwas wie ein Motiv, das durch die Seele huscht und sich anschließend durch die Beziehung zieht – eine Erwartung, Hoffnung oder Vorstellung, wie alles sein würde, sein müsste; daran misst man das Erleben. Vielleicht fühlt man dabei gleichzeitig leichte Angst, diesem Menschen nicht zu genügen, zu klein für ihn zu sein – oder zu groß. Und trotzdem geht man weiter.

Das ist der Anfang.

Am Ende steht man oft vor Scherben, die man aufheben muss und die sich meist nicht mehr verbinden lassen. Vielleicht ist man fassungslos, vielleicht fühlt man sich aber auch befreit und leicht, egal wie die Spur ist, die man hinterlässt. Man hat aus dem Vergangenen gelernt, leckt seine Wunden oder fühlt in sich schon Kraft zum Weitergehen.

Das ist das Ende.

Dazwischen liegt die Geschichte jeder Begegnung oder, wie hier, der Begegnungen. Sie soll von außen erzählt werden, wie von einem guten Freund, der die Einzelheiten, aber auch das Ergebnis kennt und manche Details deswegen vernachlässigen kann. Der nicht nur nacherzählt, sondern das Ganze zusammenfasst und mehr an der Linie interessiert ist als an der Farbe, ohne diese gänzlich zu übersehen.

Eigentlich ist es also nicht nur eine Stimme, die da erzählt – es sind drei, obwohl sie nicht gleich gewichtet sind: die Stimme des Anfangs, des Endes und dessen, was dazwischen war.

***

Was sind die höchsten Berge?
Ich glaube, es sind die Sehnsüchte der Menschen …
H.C. Artmann

Alles war Ebene – duftlos …

Da schien ihr mit einem Mal, sie hätte ihre Sehnsucht verloren.

Den Verlust hatte Hannah lange nicht bemerkt – wie den eines Gegenstandes, von dem man mehrere besitzt und, wenn einer nicht auffindbar ist, immer den nächsten nimmt, bis plötzlich keiner mehr da ist. So war es jetzt – sie griff unerwartet ins Leere und war überrascht.

Sehnsucht hatte in ihrer Vorstellung mit Wünschen zu tun, mit einer Liste von Zielen, die man sich setzte, mehr oder weniger schnell abarbeitete oder gegebenenfalls änderte, um sie neuen Gegebenheiten anzupassen. Natürlich verwandelten sich diese mit dem Alter – aber Ziele musste man als Mensch doch haben! „Wer nicht wünscht, lebt nicht mehr“, sagten die Menschen, denen es nie an nächsten Zielen mangelte – Sehnsuchtsorte für den Traumurlaub, das ultimative Wochenende, das nächste fröhliche Fest.

Bei Hannah war es anders: Alles war Ebene. Kein Turm in der Ferne, kein Streifen am Horizont, bei dessen Anblick man seufzen konnte: Das Meer! Endlich am Meer!

Zwischen zwei schnellen Terminen traf sie auf der Straße einen alten Bekannten. Übergangslos sagte er, grau im Gesicht und ohne sie wirklich anzusehen: „Ich bin umgeben von Toten … Lauter Bekannte … Der eine stürzt sich vom Aussichtsberg der Stadt, den zweiten hat der Krebs aufgefressen, der dritte fällt um, einfach so.“ Als sie verwundert zur Antwort gab, dass sie selbst aber wohl noch lebe, stutzte er, sah sie an und meinte: „Ja, das stimmt."

Kurz darauf an einem Abend, der eine der vielen sogenannten „tropischen Nächte" dieses Sommers einleitete, war ein Freund zu Besuch und bewunderte Hannahs Garten und die Blumen, auf die sie so stolz war. Doch dann setzte er hinzu: „Aber die Blumen duften nicht – warum?"

Dieser Mangel fiel ihr zum ersten Mal auf, und seither störte sie sich daran, wenn sie die Blumen betrachtete. Das zarte Rosa der Malven, das Feuerrot der Geranien, das feine Hibiskusblau erfreuten sie nicht mehr, denn die Blüten waren duftlos. Die Blume konnte noch so schön sein – wenn der Duft fehlte, fehlte die Seele.

Vielleicht war es nicht nur die Stadt mit ihren vielfältigen Gerüchen, welche den Duft der Blumen überdeckten, oder der Wind, der den Duft verblies. Vielleicht hatte es ja auch etwas mit ihr zu tun. Sie dachte nach. Der Duft war aus ihrem Leben verschwunden, schien ihr, und übrig blieben Ereignisse, Erinnerungen, Körper, Häuser, Sätze, die so geruchlos wie schattenhaft waren.

Und das schien sich auch auf sie selbst zu übertragen.

Hannah ging alles durch, was sie lange Zeit erfreut hatte, was interessant war – zum Bei-spiel Kaffeehausbesuche in den schönsten Cafés der Stadt. Jetzt sah sie dort nur noch müde Kellner, die mit Fremden sprachen. Der Kaffee war zu heiß oder zu bitter, das Zeitungsangebot zu klein.

War alles, was sie jemals als Atmosphäre, an Geschmack und Duft wahrgenommen hatte, nur Einbildung gewesen? Oder hatte nur sie selbst sich verändert?

Spaziergänge in der Abenddämmerung am Fluss, eine eindrucksvolle Inszenierung, ein neues Buch – kein Funke der Begeisterung wollte sich mehr einstellen.

Was wünschte sie sich eigentlich noch? Sie kannte kein

Wünschen mehr, nur mehr die Erfüllung, und das war ein merkwürdiges Gefühl.

Merkwürdig war es, doch nicht unangenehm. Es war einfach da, lag still und unaufgeregt in den Fugen zwischen den verschiedenartigen Teilen ihres Lebens, die sonst unverbunden wären, und gab ihnen eine einheitliche Anmutung. Nur der Rand dieses Mosaiks war noch nicht definiert.

Es brauchte noch einen Abschluss.

***

Selbst das Schreiben war mühsam geworden. In Hannahs Notizen, die sie über die Jahre hinweg niedergeschrieben hatte und die so etwas wie ihr Gedächtnis darstellten, das ihr Leben treu bewahrte, waren nicht so sehr die äußeren Begebenheiten wichtig, sondern die Gedanken und Fragen, die Hannah zu diesen Begebenheiten hatte. Manchmal – selten – blätterte sie darin und wunderte sich über die Gedanken, die einmal die ihren gewesen waren. Manche erkannte sie kaum wieder, so fremd waren sie, bei manchen staunte sie über die Geschliffenheit der Formulierungen.

Immer mehr aber zweifelte sie am Sinn, das Leben in dieser Weise zu archivieren – eigentlich wollte sie das so Fixierte nicht noch einmal lesen. Die Irrungen, dachte sie, die kleinen und größeren Begierden, die kindlich falschen Vorstellungen, die unberechtigten Hoffnungen müsste man eigentlich vernichten, ehe fremde Augen sie erblickten und sich wiederum Gedanken zu ihren Gedanken machten.

Vielleicht hatte sich darin auch eine Haltung festgeschrieben, die ihr die Welt entfremdete, statt sie vertrauter zu machen. Vielleicht hatte sie sich zu lange eine Welt erschrieben, die nur in ihrem Kopf existierte. Jetzt, wo diese Wand bröckelte, hatte sie Angst zu sehen, was dahinter zum Vorschein kommen würde.

Denn mit einem Mal war es Hannah bewusst geworden, dass sie die Geschichten, mit denen sie die Menschen umkleidete, wesentlicher fand als die Menschen, die unter diesen Kleidern steckten. Sie fragte sich, ob sie diejenigen, die sie geliebt hatte, vielleicht mehr dieser Geschichten wegen liebte als um ihrer selbst willen – die Geschichten der Menschen, die sie waren, nachdem sie ihr Alltags-Ich abgelegt hatten: so wie Robertson Ay aus dem Kinderbuch „Mary Poppins“, der tagsüber als Hausdiener in der Familie Smith lebte, in Wirklichkeit aber in der Nacht königlicher Hofnarr war. Oder die ganz gewöhnli-chen Schwestern aus dem Lebkuchenladen, die im selben Buch heimlich nachts die Sterne putzten und den Frühling ins Land holten.

So waren die, welche ihr am nächsten standen, im gewöhnlichen Leben Musiker, Maler oder Kaufleute. Sie kauften und verkauften Dinge, malten Porträts, schrieben Gedichte und komponierten Quartette. Sie zahlten Steuern, heirateten oder ließen sich scheiden. Mit einem Wort, sie waren wie fast alle Menschen im Umkreis.

In ihrem eigentlichen, nächtlichen Leben aber bewegten sie sich für sie in einer Landschaft, die nicht die hiesige war, trugen Kleider und sprachen wie niemand sonst in der Umgebung. Einer war ein russischer Fürst mit seinem Gefolge, ein anderer ritt in der Horde des Dschingis Khan durch die Steppe, wiederum ein anderer schlenderte traumverloren durch die Straßen einer uralten Stadt, die sie nie gesehen hatte. Sie saßen am Feuer, an dem die Karawane lagerte, und erzählten einander blumige Geschichten aus Tausendundeiner Nacht, saßen über geheimnisvollen Büchern in barocken Klöstern oder schlugen die Laute zu Liebesliedern von Walther von der Vogelweide.

Nie war jemand nur der, als der er sich den Menschen tagsüber zeigte.

***

Wenn Hannah versuchte, sich an die Menschen zu erinnern, die Eindruck auf sie gemacht hatten, kamen die Erinnerungen auf verschiedene Weise zu ihr. Diejenigen, die sie im Innersten berührt hatten, besaßen eine Geschichte. Menschen ohne Geschichte hingegen waren wie eine leere Leinwand und fielen bald, ohne Spuren zu hinterlassen, aus ihrem Gedächtnis.

Zu denen, welche ihr fernstanden, gehörten vereinzelte Bilder, manchmal auch nur Wörter, Farben, Klänge, oder Linien. Sie waren wie vom Maler nicht ausgearbeitete Skizzen oder musikalische Motive ohne Einbettung in ein Stück von Bedeutung.

Bei manchen Menschen hatte sie nach Jahren durch eine neuerliche Begegnung Lust, das Bild zu ergänzen – bei anderen ließen sich Bilder oder Motive weder ergänzen noch verändern. Manche verloren nach einer Zeit den Mantel des Geheimnisses, das heißt ihre verborgene Persönlichkeit, als hätte es diese nie gegeben. Wieder anderen legte die Zeit ihren verlorenen Mantel irgendwann zerrissen und wieder zusammengeflickt um die Schultern. Mit ihnen traf sie sich manchmal.

Mit einigen Menschen, vor allem mit Männern, mit denen sie eine Liebesbeziehung verbunden hatte, konnte sie nach Jahren wieder Kaffee trinken, interessierte sich für ihre Gedanken und Träume, für ihre neue Familie, hatte aber kein Bedürfnis sich zu öffnen oder den Anderen neu entdecken zu wollen. Nach diesen Begegnungen ging sie jedes Mal wieder heim und war erleichtert, dort allein zu sein. Nicht mehr zu reden, sich nicht mehr zu erinnern, nicht mehr eigene oder fremde Träume zu träumen – das war ihr angenehm.

Dass die Poesie der Bilder und Klänge der Liebe meist in die Prosa des Lebens mündete, war eine Tatsache, die zum Leben zu gehören schien. Sie nahm dies zur Kenntnis, ge-nauso wie die Tatsache, dass ihrem Leben das Siegel der Entzauberung von Anfang an eingeschrieben schien. Sie war nie Realistin gewesen. Bei klarer Betrachtung dieser Herbstzeit des Lebens war die Regelmäßigkeit des Begegnungsmusters mit Menschen ernüchternd, wenn nicht gar erschreckend.

Das Thema verließ Hannah nicht mehr. Vielleicht musste man, dachte sie, das Muster gar nicht als unabänderlich hinnehmen. Vielleicht gab es eine Möglichkeit zu bewahren, was man einmal in einem Menschen gesehen hatte. Denn dass es diesen anderen Menschen gegeben hatte, war ja keine Illusion: Der Verliebtheit ist, neben der rosa Brille, durch die sie schauen lässt, auch die Fähigkeit eigen, den Menschen so zu zeigen, wie er sich ei-gentlich gemeint hat.

Vielleicht gab es auf ihrem Weg eine Schlüsselstelle, an der sie in die falsche Richtung geraten war. Irgendwo dort war ihre Sehnsucht verlorengegangen und die Fähigkeit, den Menschen hinter seinem Alltagsgesicht wahrzunehmen. Wenn er nicht mehr sichtbar war, hatte sie den ganzen Menschen aus dem Blick verloren.

Vielleicht sollte sie also zum Ausgangspunkt ihres Weges zurückgehen. Wenn sie dann, auf dem Rückweg in die Gegenwart, gewisse Stationen ihres Lebens passierte und den Schlüssel, die Ursache für ihr So-geworden-Sein fände, könnte sie versuchen, wenigstens für die Zukunft eine andere Richtung einzuschlagen.

Dann würde man weitersehen …

DER FÜRST VON DER SCHOTTERHEIDE

Etwas fängt an, höre ich.
Nur was? Und wann?

Der erste Mann im Leben jeder Frau sei ihr Vater, sagt man. Es gab ein einziges Foto, auf dem Hannah mit ihm allein zu sehen war. Er hielt sie auf dem Arm, und sie schauten gemeinsam in die Kamera. Er ein großer, sehr schlanker Mann in weißem Hemd und schwarzer Hose, dessen Haaransatz trotz seines jungen Alters schon deutliche Geheimratsecken aufwies, sie ein Kind von wenigen Wochen, das seinen Kopf schon halten konnte. Daneben stand der weiße Plastikkinderwagen, an den sie sich später noch gut erinnerte – in ihm waren ihre Puppen gelegen.

An einen Kosenamen oder eine besondere Anrede für sie erinnerte sie sich nicht. Wenn sie an ihren Vater dachte, gab es dafür viele schöne Erinnerungen musikalischer Art: „Ich lade gern mir Gäste ein", die Arie des Prinzen Orlofsky aus dem „Zigeunerbaron" oder Raimunds „Hobellied" aus dem „Verschwender", das der Vater vor großem Publikum im Vereinsheim sang. Er liebte Ivan Rebroff und versuchte sich an dessen Liedern, ohne Re-broffs Stimmumfang zu haben. „Im tiefen Keller sitz ich hier, mit einem Fass voll Reben …" Rebroffs Bass stieg da in den untersten Keller, das schaffte Vaters Stimme am Anfang noch nicht. Langsam fand er sein Repertoire, seine Stimme festigte sich und wurde glanzvoll. Das war aber schon am Ende seines Lebens.

Und davor? Der Vater war es, welcher den ersten Hund ins Haus holte – einen Dackel, der ihre Kindheit wärmte. Er führte in der Familie den Toast Hawaii ein – das Essen von Schinken und Käse zusammen mit Früchten war in dieser Zeit noch ganz außergewöhnlich: So würden es die Franzosen machen, hörte sie staunend, wenn Vater Camembert mit Weintrauben auftischte. Der Vater brachte sie dazu, vor Publikum Gedichte vorzutragen, und tröstete sie, als sie einmal mitten im Vortrag stecken blieb. Er ebnete ihr den Einstieg in die Welt der Musik, indem er ihr die erste Blockflöte und später das erste Klavier schenkte. Er fuhr mit ihr zur Aufnahmeprüfung ins Gymnasium in der Landeshauptstadt und schaute mit ihr den Möwen an der Donau zu.

Warum hatte er ihr nicht gesagt, dass Möwen schwimmen und tauchen können? Wenn sie an diesen Tag dachte, sah sie Scharen von Möwen ins Wasser fallen und nicht mehr auftauchen. Für sie waren die Möwen alle hilflos ertrunken.

Tagsüber arbeitete der Vater im Büro, am Abend bildete er sich fort – wollte nicht mehr am Schreibtisch oder hinter dem Tresen stehen, sondern Masseur werden. An bestimmten Abenden massierte er nach dem Büro in einer Sauna und erzählte daheim von den Kunden, die immer „fester, noch fester" massiert werden wollten. Sie bewunderte die Geschicklichkeit, mit welcher er die Menschen knetete, walkte und klopfte. Gleichzeitig ekelte sie sich ein wenig davor. Niemals wollte sie selbst den Menschen so nahe kommen.

Im Sommer stand der Vater am Baggersee vor dem rauchenden Grill mit einem Bier in der einen und der Fleischzange in der anderen Hand, Schweißperlen auf der Haut – groß, stark, kein Leichtgewicht mehr –, und er bewirtete jovial seine Freunde. Ganz Prinz Orlofsky, nur ohne Palast.

Sie wohnten auf einer Schotterheide, weil die Grundstücke dort billig waren. Dorthin waren nach dem Krieg Flüchtlinge gezogen, Heimatvertriebene. Ihre Familie war darunter. Die Schotterheide war das frühere Flussbett jenes Flusses, der, gezähmt und reguliert, dem Ort seinen Namen gegeben hatte. Unweit der Stadt, in welcher diese Menschen zuvor in Lagern untergebracht gewesen waren, befand sich jetzt die Siedlung, wo sie nach dem Leben in Lagern wieder Herren im eigenen Haus waren.

Das Schönste an dieser Siedlung war ihr Ende, dort, wo Felder und ein Kiefernwäldchen den Beginn der „Wildnis" bedeuteten. Es war schön, dort spazieren zu gehen – am schönsten in der Abenddämmerung, wenn diese Landschaft mit dem Horizont zusammen-floss und das Gefühl von Grenzenlosigkeit vermittelte.

In der Siedlung trafen sich die Menschen wieder, die sich schon in der alten Heimat gekannt hatten, und bauten Häuser – große Häuser mit sauber gepflegten Vorgärten und Fenstern, hinter denen die Alten saßen und sich, wie es in ihrem Dialekt hieß, „besprachen", sich also über das austauschten, was sie auf der Straße sahen.

Auch Hannahs Familie wohnte in einem großen Haus. Ihr Vater hatte es mit seinen Verwandten gebaut, die für sich ebenfalls große – große und schmucklose – Häuser gebaut hatten. Die Einrichtung für seine Wohnung hatte auch Vater entworfen – dunkle, glatte, gerade Möbel, Spannteppiche von undefinierbarer Farbe (damit man keinen Schmutz darauf sah), abwaschbare Kunststoffböden, pflegeleichter Terrazzo, glatte Fliesen. Alles war zweckmäßig, denn Zweckmäßigkeit stand vor Schönheit – das war damals so.

Um das Haus mauerte er einen soliden steinernen Zaun. Der Rasen wurde kurz gemäht, die Hecke ordentlich geschnitten, das Unkraut sauber gejätet – so wie bei allen. Nur die Rosen vor dem Haus, die wollten nicht so recht gedeihen, die hatten zu wenig Licht …

In dem Haus lebte, neben dem harten Großvater und seiner neuen Frau, auch die schwarz gekleidete Urgroßmutter, welche die Mutter drangsalierte, den Vater aber liebte (das erfuhr Hannah später). An viel erinnerte sie sich nicht. Der Vater war in ihrer Erinnerung deutlich, die Anderen – meist blass. Doch dass Vater daheim den Pascha spielte, das wusste sie noch. Das Abendessen forderte er von ihrer Mutter pünktlich – und reichlich. Daneben musste diese aber äußerst sparsam sein, ihre Ausgaben bis ins Detail rechtfertigen. Reichlich kochen, sparsamst wirtschaften – ein schwieriges Unterfangen.

Die Mutter arbeitete, aber sie sang nicht.

Nach dem Abendessen trank Vater Bier, das ihm die Mutter verlässlich zu besorgen hatte – mit dem Fahrrad, denn Auto fahren konnte sie nicht. Das Bier trank er dann vor dem Fernseher, einem Schwarz-Weiß-Gerät mit zwei Programmen, vor dem sich am Abend die Familie versammelte. Um halb acht schaute man zusammen „Zeit im Bild", am Dienstag Ratesendungen wie „Dalli Dalli" oder, als besonderen Höhepunkt, die Peter-Alexander-Show am Samstag. Da öffnete sich das Wohnzimmer und ließ die Sänger ein, welche Vater bewunderte – vielbejubelte Stars, welche zum Gespräch mit dem Gastgeber die großen Showtreppe herabschwebten, Arien sangen wie Anneliese Rothenberger in großer Glitzerrobe oder russische Volkslieder wie Ivan Rebroff, im roten Russenhemd und mit einer Kosakenmütze auf dem Kopf.

Der Vater besuchte nach dem Abendessen auch die Gasthäuser der Umgebung – verrauchte, öde, ungemütliche Lokale, wie es sie damals überall gab. Immer wieder trank er, sodass er am Morgen nicht mehr aufstehen konnte. Noch Jahrzehnte später erinnerte sie sich mit Ekel an den säuerlichen Geruch des elterlichen Schlafzimmers. Hannah begann, den Vater deswegen zu verachten.

Warum er trank? Damals fragte keiner nach und Hannah wusste es nicht. Das Trinken gehörte für alle zum Leben dazu, so schien es wenigstens. Später meinte sie, dass Vater sich damit vielleicht für einige Stunden aus einem Dasein gestohlen hatte, das ihn einengte. Zuerst war er Lehrling in einer Feinkosthandlung gewesen – das bedeutete Sicherheit. Dann arbeitete er in einer großen Fabrik, betreute Kunden, ernährte die Familie, bezahlte das Haus ab und pflegte den Garten: In diesem Leben würde es keine großen Überraschungen mehr geben. Vielleicht grenzte ihn sein Leben so ein wie der schwarze Strich die Figuren auf seinen Bildern – denn Vater malte auch: Exotische Frau vor Sonnenuntergang, Stadt am Abend mit Laterne, Hund vor hellem Hintergrund. Alle Menschen, alle Gegenstände und Tiere auf seinen Bildern im Wohnzimmer trugen so einen schwarzen Trauerrand.

Dann kam unerwartet Bewegung in sein Leben. Hannahs Vater engagierte sich in der Politik ihrer Kleinstadt, und – er entdeckte seine Stimme. Ja, ihr Vater sang nicht mehr nur im kleinsten Kreis auf Geburtstagen von Freunden!

Die Stadtratssitzungen am Mittwoch und die Proben des Gesangvereines am Freitagabend waren seine neuen Fixpunkte. „Gleichheit", so hieß der Verein. Die Brüderlichkeit fand er bei den Genossen: Er debattierte mit ihnen, sang – und trank. Aber nicht nur ums Trinken ging es dort, sondern auch um Gemeinschaft, Veränderung, Kunst – und darum, was dies für ihn bedeutete: Freiheit und das

Stillen des Hungers nach Leben.

Das war die Zeit, in der Hannah schon gegen ihren Vater rebellierte, sich von ihm reglementiert und bevormundet fühlte. „Lass mich in Ruhe“ war ihr Lieblingssatz, wie bei allen Halbwüchsigen. Jede Kleinigkeit konnte in einen Streit ausarten: Das Essen, das sie nicht essen wollte, eine Sendung, die sie nicht sehen durfte, der Türke beim Stadtfest, mit dem sie ein zweites Mal tanzen wollte.

Überhaupt, das Stadtfest – am Tag ein buntes Gedröhn, das sich am Abend in einen Ort der Verheißung verwandelte. Die Lichter am Ringelspiel, die blinkenden Lampen am Dach der Fahrgeschäfte, die vermischten Gerüche – Lángos neben Mandelrösterei –, die Ausrufer, die ins Spiegelkabinett und in die Geisterbahn einluden. Mitten in der Provinz stand plötzlich ein orientalischer Basar. Am Ende des Festes aber trat wieder die Stille ein, die sie lähmte. Der Platz leer, die Lichter fort, mit ihnen die Musik, die im Augenblick des Hörens ein wildes Durcheinander, in der Erinnerung aber ein Ruf zum Aufbruch in ein unbekanntes verheißenes Land war.

Auch sie kannte jetzt das Gefühl der Beengtheit und der Einschränkung. So wuchs der Wunsch, aus diesem Käfig auszubrechen. Der Vater war für sie zum Käfigschließer geworden, dem sie gern den Schlüssel für ihr Lebenshaus abnehmen wollte.

Eigentlich hätte für den Vater alles gut werden können. Die öffentlichen Auftritte bei den Chorkonzerten wurden immer erfolgreicher und sogar ein Probesingen für den Theaterchor der Hauptstadt stand bevor. Singen auf der Theaterbühne – eine große Chance für einen Chorsänger aus der Provinz! Darauf freute er sich und sie freute sich mit ihm, trotz aller Uneinigkeit.

Eines Abends aber ging er und kam nicht mehr wieder. „Geh nicht", hatte Hannah zu ihm gesagt, weil sich der Abschied vor seiner Chorprobe diesmal anders anfühlte als sonst – der Nachmittag war friedlich und liebevoll gewesen. Nach der darauffolgenden langen Oktobernacht schlief er morgens auf der Heimfahrt im Auto ein und prallte gegen eine Hauswand. Bald darauf starb er. Die Stille des frühen Morgens verband sich mit dem Schrei der Großmutter, als die Polizei die Nachricht überbrachte.

In der dritten Nacht nach seinem Tod träumte Hannah von ihrem Vater. Eigentlich sah sie ihn nicht wirklich, wusste jedoch von seiner Anwesenheit. Er wollte sie packen, um sie mit sich zu nehmen. Sie lief entsetzt weg, lief und lief – hinter ihr der Vater mit zwei Schatten an seiner Seite. Sie lief, bis sie die drei abgehängt hatte – und wachte auf. Als sie wieder klar denken konnte, hatte sie Zweifel. Vielleicht hatte er sich nur von ihr verabschieden wollen? Und sie hatte es verhindert.

Nach dem Begräbnis brannte sich eine Bemerkung eines Onkels in ihre Erinnerung ein: „Der Dackel ist untreu. Ich hätte mir erwartet, dass er sich aufs Grab legt und nichts mehr frisst!" Wahrscheinlich hatte der Onkel das als Scherz gemeint – sie aber wusste nicht, wen sie mehr verteidigen sollte: den Hund, der leben wollte, oder den Vater, der diese Art von Treue verdient hätte, sie aber nicht mehr brauchte.

An ein Trostwort des Onkels erinnerte sie sich nicht. Der Dackel aber kam zu anderen Menschen.

Das Begräbnis ließ Hannah jäh erwachsen werden. Die Erde, die auf den Sarg geworfen wurde, die Blasmusik, die den „besten aller Kameraden" spielte, alles war unwirklich. Gleichzeitig war klar, dass es eine neue Wirklichkeit gab: Ab jetzt hatte sie keinen Helfer mehr, aber auch keinen Widerpart – und brauchte auch keinen, so meinte sie. Hannah hatte die Verantwortung über ihr Leben, ganz allein.

Nach außen ging dieses Leben zunächst scheinbar in den gleichen Bahnen weiter – so schnell wie möglich aber wollte sie aus der Öde des Vorstadtlebens, der gleichförmigen Reihenhäuser und Normgedanken ausbrechen, solange es noch Zeit war.

Ihr war klar, dass sie das jetzt bald tun musste – nur wie, das wusste sie nicht.

Seit damals schien ihr das ruhige Dahinplätschern des Lebens nur eine Täuschung, ein trügerischer Weg über Eis, das jederzeit brechen konnte. Man starb nicht, wenn man stritt, – nein, man starb mitten im Frieden. Deswegen beschwor sie den Tod ihr Leben lang: Wenn man von ihm sprach, kam er nicht. Wenn man ihn aber vergaß, war man verloren.

Das Grab ihres Vaters aber mied sie jahrzehntelang. Seine Existenz wollte sie nicht aner-kennen.

***

DER KLAVIERSPIELER

Viel Licht. Und Schatten.

Schon vor dem Tod ihres Vaters hatte Hannah von dem jungen Musiklehrer geschwärmt, der neu an die Schule gekommen war, einem leicht korpulenten Mann mit wilden unbändigen Haaren. Jonas war ein begnadeter Pianist und Chordirigent – eine clowneske und gleichzeitig pathologische Persönlichkeit.

Als Lehrer war er eine Überraschung. Statt wie beim Vorgänger, einem alten griesgrämigen Musiklehrer, nur Noten zu schreiben und Takte zu bestimmen, konnten die Schüler jetzt singen: Lieder aus Musicals wie „Hair“ oder Songs von den Beatles. Sie hörten Werke von Bach oder unheimliche Erzählungen zu Mozarts Requiem. Und Jonas machte es sich dabei gemütlich, lümmelte am Klavier oder saß auf dem Lehrertisch. „Hol mir eine Wurstsemmel“, pfiff er einen Schüler zu sich, dem diese Unterbrechung des Schulalltages sehr willkommen war. Die Semmel aß Jonas während der Stunde, daneben erzählte er der Klasse Geschichten aus seiner unglücklichen Ehe oder dozierte über seine diversen Krankheiten. Die Schüler wussten nicht, was sie sagen sollten – weil sie betroffen waren oder seine Ergüsse peinlich fanden. Manche wunderten sich, manche lästerten, wenn Jonas seine Herztabletten coram publico abzählte und sie mit Coca-Cola hinunterschluckte.

Trotzdem mochten ihn die meisten, zumindest fanden sie ihn unterhaltsam. Er zeigte der Klasse immer wieder Zeitungsausschnitte, die ihn als großen Show-Dirigenten feierten. Und jeder Schüler kannte mit der Zeit die

Geschichte, wie er als Sanitäter mit seinem PKW mit Blaulicht gegen die Einbahn fuhr, obwohl es keinen Notfall gab – oft genug hatte er sie erzählt und dabei gelacht.

Mit der Zeit zeigte Jonas immer mehr seelische Blößen. Die Schüler begannen ihn zu belächeln, er erschien ihnen wie ein Schwächling, der Halt bei ihnen suchte. Und doch – auf eine ganz bestimmte Weise blieben sie von ihm fasziniert.

Bevor er im nächsten Herbst durch einen anderen Kollegen ersetzt wurde, waren sie noch Zeugen seiner öffentlichen Selbstdemontage – eines Vorgangs, den er anscheinend nicht mehr steuern konnte. Er baute immer mehr ab, schien betrunken zu sein und lallte, sprach fahrig, wurde immer vergesslicher.

Da tat er Hannah nur mehr leid.

In den Monaten zuvor zeigte er unverhohlen ungewöhnliches Interesse an ihr und scherte sich nicht darum, wie das bei den Mitschülern ankommen würde. Sie sei ein armes Waisenkind, das er väterlich unterstützen wolle, war seine Begründung. Er lud sie zum Schifahren ein und zu den Osterfestspielen. „Darf ich vorstellen? Herr von Karajan." Hannah schüttelte Karajan die Hand, versank stumm fast in den Boden. Was hätte sie auch sagen sollen? Jonas ging mit ihr ins Kino, ins Konzert oder zum Essen. Das Schönste war, dass er stundenlang mit ihr wie mit einer Erwachsenen sprach – daran war sie nicht gewöhnt.

In den Musikstunden konnte sie ihn nicht mehr ruhig ansehen oder sich auf den Unterricht konzentrieren. Sie musste an seine Berührungen denken, die zufällig wirkten und doch nicht zufällig sein konnten.

Was war das zwischen ihnen?

„Du bist begabt", sagte Jonas. Seine Aufmerksamkeit

war beglückend und belastend zugleich. Hannah hatte nicht das Gefühl, diesem Anspruch irgendwie gerecht zu werden – das Ungleichgewicht in dieser Beziehung war zu deutlich. Er war ihr Lehrer, aber nicht nur ihr Lehrer. Er war ein Freund, sie konnte ihm keine Freundin sein. Was sollte sie zu ihm sagen? „Mach mehr aus dir"? „Hör auf, dich lächerlich zu machen"? Sie sagte nichts davon.

Dass er unzählige – harmlose – Fotos von ihr machte und in seiner Dunkelkammer entwickelte, fand sie merkwürdig. Sie schwieg dazu und ließ ihn gewähren.

Am liebsten stand Hannah neben ihm, wenn er Klavier spielte. Sie bewunderte ihn, wenn seine unförmigen Finger unerwartet leicht und bravourös über die Tasten glitten und den Raum mit der Klarheit von Bach und der durchdringenden Traurigkeit von Schubert erfüllten. Nie würde sie so spielen können! Sie selbst spielte Klavier seit drei Jahren, übte stundenlang und leidenschaftlich – hämmerte in die Tasten, donnerte Akkorde, girrte, schluchzte die Melodien. Sie konnte die Musik nicht denken, wie Jonas – nur fühlen. Jonas spielte anders: Er spielte differenzierte Phrasen, wo sie durchgehende Musikbögen empfand, gestaltete leise Stellen, die für sie laut sein mussten. Wenn er ihr etwas auf dem Klavier zeigte, hellte er das Werk auf, behandelte es objektiv und subjektiv zugleich. Sie war nur subjektiv und merkte das, ohne es ändern zu können.

Am schönsten fand sie es, von ihm Brahms zu hören. Diese Musik war leicht und nahm die Seele in eine Landschaft mit, von der sie wusste, dass sie existierte, die sie mit Augen aber nie gesehen hatte – in weite, heiße und trockene Ebenen.

Die Musik war das stärkste Band zwischen ihnen und verwandelte den abgelegenen Musiktrakt der Schule in einen Raum, zu dem nur sie Zutritt hatten. Für sie hätte er immer weiter und weiter spielen können.

Lange schmeichelte Hannah seine Zuneigung, nach einigen Monaten aber wurde sie ihr zu viel. Sie vermied Begegnungen und die immer häufigeren, scheinbar absichtslosen Be-rührungen und begann sich immer mehr zurückzuziehen. „Ich habe einen Freund", sagte sie und merkte, dass Jonas nicht an dessen Existenz glaubte. Er nahm ihre Entfremdung aber irgendwann zur Kenntnis und bedrängte sie nicht. Manchmal kamen noch verwirrt klingende Anrufe, dann hörte sie nichts mehr von ihm.

Nein, ganz stimmte das nicht: Sie hörte, dass er sich um das nächste Waisenkind so kümmerte, wie er es bei ihr getan hatte.

Ein paar Jahre später war das schale Gefühl beim Denken an Jonas vergangen. An einem warmen Frühlingsabend verspürte Hannah unerwartet den starken Wunsch, mit ihm zu sprechen, und rief ihn nach kurzem Zögern an. Sie hatte sich inzwischen ein Leben aufgebaut, hatte etwas zu erzählen – und fühlte sich ihm gewachsen. Seine Frau ging ans Telefon. „Entschuldigen Sie, ich weiß, es ist spät, aber ich würde gerne mit Jonas sprechen." Hannah war unsicher – was sollte sie sagen auf die Frage, warum sie mit ihm sprechen wollte? Am anderen Ende der Leitung blieb es still. Zweimal musste sie ihre Bitte in die Stille hinein wiederholen und meinte schon, mit dem Anruf einen unverzeihlichen Fehler gemacht zu haben. Jonas' Frau hatte den Umgang mit ihr nie gern gesehen. Dann aber erfuhr sie, dass Jonas schon seit einigen Monaten tot war, plötzlich gestorben, im selben Alter wie ihr Vater. Seine Frau hatte es nicht für möglich gehalten, dass sie nicht davon wusste.

Die Stille des Abends, das Zwitschern der Vögel und

der Duft der Sträucher und Bäume, alles verband sich mit den Gedanken an Jonas. Er war der zweite Mensch, der jäh aus ihrem Leben verschwand, um niemals wiederzukommen.

An diesem Abend schlief Hannah lange nicht ein. Jonas war ihr so nahe wie schon lange nicht mehr.

Von Jonas blieben die Bekanntschaft mit großer Musik und die Einführung in die Welt der Konzertsäle. Die Bekanntschaft mit der Missa Luba, der gewaltigen Siebten von Bruckner, dem immer wieder bewegenden Requiem von Mozart. Oder den Werken von Alfred Schnittke, die sie hören durfte, als noch wenige Schnittke hörten. Diese Tür zur Musik ging dann für eine Weile zu – nein, sie ging nicht zu, wurde aber kleiner, war schwieriger zu passieren.

Jonas war der erste Mensch, bei dem Hannah fühlte, dass das Grab zwar eine physische Grenze markiert, nach kurzer Zeit aber nicht mehr eingrenzen kann. Er blieb gegenwärtig, auch wenn es vorerst musikalisch um sie einsamer wurde. Später war er für sie, obwohl er tot war, lebendiger als zuletzt im Leben, auf eine neue, vorher unbekannte Weise.

***

DER PRINZ

Der Prinz ist da! Und die Prinzessin?

Damals unterbrachen die Sonntage den ohnehin gleichförmigen Verlauf der Monate, bildeten eine lange Kette von öden Stunden, die man durchwarten musste, bis das Leben am Montag endlich wieder anfing und vielleicht etwas bringen würde, das eine andere Richtung zeigen, eine neue Möglichkeit eröffnen würde. Mit Pink Floyd sehnte sich eine Generation zur „Dark Side of the Moon" – einem Zauberklang ohne Suche nach dem Sinn dahinter. „All that you touch, all that you see, all that you taste, all you feel. All that you love, all that you hate, all you distrust, all you save … is eclipsed by the moon … There is no dark side of the moon. Everything is dark." Das waren magische Worte mit Rattenfängerqualität, die man nicht hinterfragte. Sie entsprachen dem Lebensgefühl der Jugend – und damit genug.

In diese Lebenswelt kam Daniel – unerwartet an einem der öden Sonntage – und die Bekanntschaft mit ihm war eine Überraschung. Hannahs Freundinnen hatten alle schon Freunde – zumindest deuteten sie das mit vielsagendem Lächeln und unvollendeten Sätzen an. Sie hingegen kannte das, was allgemein Liebe hieß, nur aus dem Ratgeber für junge Mädchen, den sie von ihrer Mutter geschenkt bekommen hatte, und den Bildgeschichten in den Bravo-Heften, die damals alle lasen. Es gab aber niemanden, für den sie sich interessiert hätte. Und wer sollte sich schon für sie interessieren?

Vielleicht lag es am Gefühl, anders zu sein. Es war ständig präsent, ohne dass sie das „anders“ wirklich benennen konnte. Natürlich – sie las lieber Bücher und spielte Klavier, als für die Tages- und Wochencharts zu schwärmen. An der Wand ihres Zimmers hingen die üblichen Boy-Band-Plakate, aber eigentlich gefielen ihr nicht die Songs von David Cassidy, sondern Schuberts Winterreise, gesungen von Fischer-Dieskau, oder Beethovens Mondscheinsonate.

Als Hannah aus den steifen, von der Mutter selbst geschneiderten Röcken und Mänteln hinausgewachsen war, trug sie bunte indische Röcke und Blusen gegen jedes Modediktat. „Zigeunerin“, riefen ihr die Nachbarn nach, die auf den Siedlungsfesten die alte Tracht der Vertriebenen trugen. Es machte ihr nichts. Die Sachen, die ihr gefielen, gab es im einzigen Einkaufszentrum der öden Vorstadtgegend in der Indien-Abteilung, neben Jade-Elefanten und Räucherstäbchen – sie dufteten nach der großen Welt irgendwo da draußen.

Daniel wohnte also seit kurzem im Nebenhaus, und lange bleiben wollte er nicht – nur für die Zeit eines Sommerpraktikums. Und er kam aus der Stadt, in die sie in ein paar Jahren ziehen wollte – ein Omen? Nach einem eher peinlichen Anbahnungsversuch – „Schönes Fräulein, darf ich's wagen?“ –, den sie mit „Bin weder Fräulein noch bin ich schön“ quittierte, stellte es sich heraus, dass er nicht nur dieses Zitat von Goethe kannte, sondern sogar den ganzen ersten Teil von Goethes Faust. Keiner der Gleichaltrigen mochte Goethe, geschweige denn den „Faust“. Aber Daniel war eben nicht gleich alt wie sie, sondern einige Jahre älter. Er durfte Dinge, die sie nicht durfte, und machte Sachen, die sie bisher nicht gekannt hatte. Sie fuhren miteinander in die Stadt, verbrachten den Abend unter Kastanienbäumen im einzigen Gastgarten, den sie dort kannte, und unterhielten sich lange – am Ende war Hannah schon sehr verliebt, wollte es aber nicht zeigen. Daheim schien Daniel an jeder Hand mehrere Verehrerinnen zu haben – das erzählte er zumindest und er erzählte auch, dass er eigentlich ein Prinz sei, mit einem langen Stammbaum. Sie war keine Prinzessin.

Seine Geschichten liebte sie, wie sie alles an ihm liebte – seine langen roten Locken und die helle Haut, seine Stimme, sein Selbstbewusstsein. Eigentlich verstand sie nicht, dass er sich gerade mit ihr abgab. „Du bist anders", sagte er, und es schien ihn nicht zu stören.

Als Daniel abreiste, glaubte Hannah nicht an ein Wiedersehen. Als er für ein Wochenende wiederkam, konnte sie es kaum fassen: Sie hatte jetzt also einen Freund. Auf den „Vorher"-„Nachher"-Fotos, die sie manchmal anschaute, meinte sie, alle könnten sehen, dass jetzt etwas anders war.

Am liebsten hatte sie das Foto, auf dem sie in einem Sportkinderwagen saß – da war alles drauf: die Kindheit und das neue Erwachsensein.

Der Zustand des beständigen Herzklopfens, wenn sie an Daniel dachte, war schier unerträglich, noch schlimmer aber war es, nach der gemeinsamen Zeit allein zurückzubleiben, weil er wieder heimfuhr. Als die Schule wieder begann, fuhr sie, statt sich in die Schulbank zu setzen, am Morgen immer wieder mit dem Zug zu Daniel, ihrem Prinzen. Sie fuhr, sooft sie das Geld für die Bahnkarte zusammenhatte, verbrachte mit ihm ein paar Stunden – denn auch er schwänzte die Schule – und fuhr wieder zurück. So begann ein Doppelleben, das irgendwann einmal durch eine Unvorsichtigkeit aufflog. „Wie war denn das Wetter bei euch?", hatte sie ihre Mutter am Abend eines solchen Tages gefragt. Als sie aufmerksam wurde

– zu seltsam war diese Frage –, redete sich Hannah fast um Kopf und Kragen. Dieses Fast-entdeckt-Werden unterbrach ihre neue Gewohnheit aber nicht lange – Hannah wurde nur vorsichtiger.

Das Reisen – dieses Fahren in eine andere Welt – wurde immer wichtiger für sie. Dabei fühlte sie sich lebendig. Sie gewöhnte sich sogar an die Geschichten von den anderen Mädchen, mit denen Daniel seine Zeit verbrachte, wenn sie nicht da war – und das war die meiste Zeit. Allmählich fand sie es auch ganz normal, so zu leben. Für sie beide gab es nur Festtage, keinen Alltag. Konnte es etwas Besseres geben?

Manchmal war Hannah trotzdem verzweifelt. Dann kam die Angst durch, Daniel zu verlieren, weil sich die Beziehung einseitig anfühlte. Briefe mit tieferen Gedanken und Fragen schienen verloren zu gehen, und in den Zeiten des Viertel-Telefonanschlusses war es auch nicht leicht, jemanden telefonisch zu erreichen. Man musste oft lange warten, bis die Leitung frei war, sowohl in ihrem Haus als auch dem Haus von Daniel. Also schrieb sie ihm Briefe und wartete auf seine Antwort. Sie wartete oft lange. Wenn sie die Beziehung abbrechen wollte, kam ein freundliches Wort – und schon waren ihre Ängste wie weggeblasen.

„Sie würde alles tun, was ich will. Wenn ich zu ihr sage, spring aus dem Fenster, springt sie“, hörte sie ihn einmal zu einem Freund sagen. Dass das nicht stimmte, wusste sie. Dass es beinahe stimmte, wusste sie auch.

Dass er kein Prinz war, verstand Hannah schnell, doch machte es ihr nichts aus. In seinem nicht existenten Königreich sollte sie sich Jahre später häuslich einrichten. Für Daniel studierte sie die Kultur seiner Vorfahren und sprach am Ende fließend die Sprache Puschkins und Tolstois, die er niemals beherrschen würde. Sie kannte die großen Werke, die Daniel niemals lesen würde, und auch die Geschichte des Landes, die für ihn ein Konglomerat von Schlachten und Revolutionen darstellte, mit dem man sich seiner Meinung nach gar nicht erst zu beschäftigen brauchte. Diese Vorfahren mütterlicherseits, sie seien ihm im Grunde fremd, ja fast unsympathisch, meinte er einmal Jahrzehnte später, er lasse ihre Sprache gar nicht erst an sich heran. Er mache einfach die Ohren zu und verständige sich in der Universalsprache der Welt, dem Englischen, das für Hannah immer nur eine Allerweltssprache blieb.

In den ersten Jahren gab es noch etwas, das für Hannah neu war: Daniel gab sich als Vertreter der freien Liebe und sie musste lernen, dass zum Bleiben das Wieder-Gehen gehörte, das Kommen abhängig war von einem Termin und das Da-Sein nur möglich, wenn man Vergangenheit und Zukunft ausblendete. Das gefiel ihr, weil es sich, wenigs-tens von der Theorie her, absolut richtig anfühlte. So erzählten sie sich gegenseitig von ihren Beziehungen – nicht zu viel, jedoch so viel, dass jeder über den Stand der Dinge beim Anderen Bescheid wusste. Trotzdem fühlte sie sich jedes Mal unglücklich: Dann nämlich, wenn eine neue Liebe nicht in sein Leben trat, sondern in ihres. Denn dann hatte sie das Gefühl, Daniel zu betrügen und gleichzeitig den Neuen – denn niemand, wirklich niemand, kam an das heran, was Daniel ihr bedeutete.

Als Daniel nach vielen Jahren ganz bürgerlich bei einer seiner Frauen blieb, um mit ihr zu leben, hatte sich Hannah schon zu sehr an den Rhythmus des Kommens und Gehens gewöhnt und sah keinen Grund, mit ihrer bisherigen Lebensweise zu brechen. So blieb Daniel die nächsten Jahrzehnte auf seinem Podest – unsichtbar für die Männer, mit denen sie zusammen war, bis sie diese wieder verabschiedete. Sie war Daniel treu, wie auch den anderen: auf ihre Weise, für die Zeit, für die sie Männer mit Geschichte waren, bis hin zu dem Zeitpunkt, an dem sie nackt dastanden: bis auf die Haut nur mehr sie selbst, ohne Geheimnis.

Dann war es für sie Zeit zu gehen.

Daniel hatte einen Platz in Hannahs Leben, egal wer sonst noch kam und ging. Sie waren miteinander jung und wurden nebeneinander alt und sie liebten einander, egal wie nah oder fern sie voneinander lebten und mit wem. Die stürmischen Diskussionen über die verschiedenen Sichtweisen von Karma, Ego und Ich, Gott und die Welt wichen einem milden, verständnisvollen Blick für die Welt des Anderen, die wechselnden persönliche Er-kenntnisse bleibenden Ausrichtungen. Worte wie „Liebe" und „Mitgefühl", welche die Welt brauche – Worte, mit denen Daniel gebetsmühlenartig alles Böse vom Tisch wischte, ohne sich weiters mit der Umsetzung in die Tat zu befassen –, reizten sie nicht mehr. Ja, sie konnte ihm durchaus zustimmen: Liebe und Mitgefühl, das war es, was die Welt wirklich brauchte …

***

DER SÄNGER

Der Tag ist farbenlos – Nacht soll es bleiben …

Manchmal stiegen einzelne Bilder aus der Vergangenheit ungefragt wieder hoch, rahmenlos und fremd zuerst, dann aber, nachdem sie den Staub von ihnen abgewischt hatte, wieder farbig und vertraut.

Da war dieses Café in der Landeshauptstadt in einer kleinen Nebengasse in der Nähe des Hauptplatzes unweit der Donau. Einmal hatte sie es bei Tag gesehen und fast nicht wie-dererkannt, so verraucht, schäbig und ungemütlich war es. Doch abends ab 23 Uhr ver-wandelte sich dieser Ort, der das Licht scheute, in eine orientalische Bar mit golden schimmernden Wandornamenten. Er wurde zu einer Höhle, in die sich Menschen drängten – und es waren nicht die Besucher der bürgerlichen Kaffeehäuser, in denen sie sonst verkehrte. Ein Mann namens „Adler" mit langen, glatten, schwarzen Haaren war dort eine fixe Größe, zu jener Zeit eine exotische Erscheinung. Allein der Name war schon eine Geschichte wert. Daneben tummelten sich dort Kleindealer, Maler, Musiker, außerdem Klein-kriminelle, die in ein paar Stunden wieder für ein paar Monate im Gefängnis verschwinden würden. Man fand dort Schüler, welche die Schule wohl nicht oft von innen sahen, und die Schönen der Nacht, die sich auf ihre Arbeit einstimmten – ein buntes Bild von Menschen auf einer gemeinsamen Insel, Menschen, die sich kannten, meist aber in ihrer eigenen Welt lebten. Es wurde Musik gespielt, die in den nächsten Morgen trug – Harry Belafontes „Island in the Sun", Santanas „Black Magic Woman". Den Morgen feierte man dann mit einem Käsetoast am Würstelstand mit Donaublick …

In diesem Café verkehrte auch Roland. Mit seinen Markenzeichen Vollbart, Hut und Son-nenbrille war er unverkennbar. Die Gottesmutter Maria flüsterte ihm manchmal schlimme Dinge ins Ohr – ihre Stimme konnte er nur mit einer hohen Dosis Tabletten überhören. Wenn er seine Tabletten einmal nicht einnahm, war er furchteinflößend, das wusste er selbst. „Da soll mir niemand über den Weg laufen", sagte er. In den Zeiten aber, in denen er keine Stimmen hörte, spielte er den besten Hardrock der Stadt; und daneben, genauso gut, die ordinärsten Lieder, die man sich vorstellen konnte. Am besten aber gefiel Hannah, wenn er amerikanischen Folk sang, er ganz allein mit seiner akustischen Gitarre, mit seiner kraftvollen und doch leicht heiseren Stimme.

Wenn sie allein waren, erzählte er ihr kernige Geschichten von Menschen, die ihnen beiden vertraut waren, und gleich danach Geschichten von Musikern, die jeder kannte und mit denen er gespielt hatte – auf der Trompete, seinem Instrument vor der Gitarre. Dann hatte sie das Gefühl, mitten in der Provinz mit der großen Welt verbunden zu sein, von der sie sonst nur in den Büchern Kerouacs und Millers las. „Du bist so jung", sagte er. Dass er sie wie ein rohes Ei behandelte, ärgerte Hannah – sie fühlte sich schließlich schon sehr erwachsen, auch wenn sie viele Jahre jünger war als er. Für eine kurze Zeit führte sie mit ihm ein Leben zwischen Groupie und Seelenfreundin und war stolz darauf.

Die Auftritte in den verschiedensten Ländern der Welt hatten an Roland Spuren hinterlassen, man sah ihm das Leben als „Verkörperung von Sex, Drugs und Rock 'n' -Roll", wie es später in einem Artikel über ihn hieß, deutlich an. Trotz ihrer Jugend erkannte sie, wie gespalten diese Persönlichkeit mit den traurigen, unruhigen Augen war, die meist ihre beiden inneren Seelenlandschaften klar voneinander trennen konnte und sich wach in beiden zurechtfand. Dann aber gab es Überschwemmungen, in denen die Grenzen verschwammen und Roland durch Ströme von Eingebungen mitgerissen wurde, die er nicht mehr kontrollieren konnte. Wenn er plötzlich verschwand und wochenlang nicht auftauchte, wusste man, dass es wieder einmal so weit war.

Zwanzig Jahre später traf Hannah ihn zufällig wieder auf der Straße als Betreuten in einer Wohngruppe für psychisch Kranke. Er erkannte sie gleich, sie hätte ihn nicht mehr erkannt – sein Bart war wild und grau geworden, der Mund zahnlos, die Augen stumpf. „Pass auf, dass du nicht endest wie ich", sagte er ihr mit Tränen in den Augen zum Abschied, bei dem sie ein baldiges Wiedersehen vereinbarten – ein Wiedersehen, das es nicht mehr geben sollte. Als sie sich nach einigen Jahren in der Wohngruppe nach ihm erkundigen wollte, kannte ihn dort keiner mehr.

Schließlich fand sie in einem Archiv die Nachricht von Rolands Tod, dem „Tod einer Rock-Legende", wie es dort hieß. Eine Legende – so hatte sie ihn damals in ihrer Jugend gar nicht wahrgenommen.

Nach ihrem letzten Treffen hatte es noch einmal ein großes Aufbäumen, einen finalen Aufschwung gegeben, in denen er seinen Stimmen entkommen war und wieder die Musik machte, für die ihm die Menschen einmal zugejubelt hatten – eindrucksvoll bezeugt durch Konzertmitschnitte, die kurz vor seinem Tod aufgenommen worden waren. Da spürte man die alte Kraft und die Möglichkeiten, die sich ab einem bestimmten Zeitpunkt nicht mehr realisieren ließen. Schade, dass Hannah diese letzte Glanzzeit nicht miterlebt hatte.

Um Roland tat es Hannah leid. Sie hätte ihm gern wieder zugehört – vielleicht hätten sie jetzt wirklich befreundet sein können wie Gleichaltrige, Gleichberechtigte. Nach dem wilden Leben auf der Bühne zwischenzeitlich auf eine Psychiatrie-Patienten-Existenz reduziert, hatte er sich sein Leben davor wenigstens zu einem gewissen Teil wieder zurückgeholt – das war ein Trost. Von ihm blieben seine Musik, die von der großen Welt erzählte, als ihre Welt noch eng war, und die Erinnerung an einen Menschen, den nichts und niemand gänzlich brechen konnte.

***

DER GRENZGÄNGER

Traumtänzer – und kein Gedanke
an blaue Flecken von der Wirklichkeit.

Im Café, in dem Roland verkehrte, war auch Zappa eine bekannte Persönlichkeit: ein nicht sehr großer, drahtiger Mann mit dunklen Locken und grünen Augen, der einem griechischen Bildhauer Modell hätte stehen können. Er war kein Musiker, nannte sich aber nach einem der bekanntesten Gitarristen Amerikas, wo er nie war, und spielte aus heiterem Himmel wild auf der Luftgitarre, obwohl er nicht Gitarre spielen konnte. Er bezeichnete sich als „King" und meinte nicht Elvis. Anfangs fand Hannah das peinlich, dann aber gehörte es einfach zu dieser Welt, in der sie fremd war, der sie aber lieber angehören wollte als der genormten, geschichtenlosen Welt und ihren Menschen da draußen, die für alles eine logische Erklärung hatten. So wie der Philosophieprofessor, der auf ihre Frage, warum der Mensch das Göttliche im Himmel suche, geantwortet hatte: „Weil die Nase oben ist."

Zappa, der eigentlich Manuel hieß, hatte eine berührende Geschichte, die sich größtenteils in wechselnden Erziehungsheimen, Pflegefamilien und zuletzt auch Gefängnissen abgespielt hatte. Die Welt hatte ihm die Flügel früh gestutzt. Manuel war ein begabter Ma-ler und Fotograf, hatte aber nie gelernt, seine Begabungen zu entwickeln. Er war ein Mensch, der tief im Inneren Sehnsucht nach Schönheit hatte, nach Bildung und Kultur. Sein Umfeld ließ ihn nicht einmal in die Nähe dieser nährenden Quellen kommen ...

Hannah empfand Mitleid für ihn – er hatte so viele Talente und so wenige Möglichkeiten, diese zu verwirklichen. Aber sie sah auch etwas Leuchtendes, Kraftvolles in seinen Augen – ein Wissen, das weit mehr als Bildung im üblichen Sinn war und ihr fehlte: Es war das Wissen um eine Lebenswirklichkeit, die ihr bislang fremd geblieben war.

Er zeigte ihr mit einem gewissen Stolz das Leben abseits vom Establishment, das Leben, in dem er sich auskannte und in dem er sich behaupten konnte, das vor allem in der Nacht stattfand. Der Tag war farblos und langweilig, da war nichts los. Am Abend aber wachte die Parallelgesellschaft der Stadt wie auf ein verabredetes Zeichen auf. Den Abenden folgten die Nächte in einem stillgelegten rauchgeschwängerten Keller-Kino an der Hauptstraße, und Manuel war der Meister an den Turntables. Santanas Gitarre wimmerte, die Stones dröhnten ihr „I can't get no satisfaction", danach kamen, oft speziell für sie, ihre Lieblingslieder, die „White Horses" und „She comes in Black". In diesen Momenten wünschte sie sich, dass die Nacht nie zu Ende gehen sollte.

Offen wanderten Tabletten, Plättchen und in Alu gewickelte Kügelchen von der Händler- in die Käuferhand. Wenn man einen Blick dafür entwickelt hatte, wusste man, wer was genommen hatte und wer kurz vor dem gefürchteten Entzug war. Man konnte mit der Zeit in den leeren Augen der Mädchen lesen und in den flackernden Augen der jungen Männer – Hannah war Teil dieser Gruppe und gehörte doch nicht ganz dazu. Vielleicht weil sie sich zwar wegbeamen wollte wie die anderen, gleichzeitig aber den eigenen klaren Blick nie ganz aufgab. Während sie die Menschen um sich betrachtete, schrieb sie in ihrem Kopf Geschichten über das, was sie sah. Sich auflösen und Distanz halten, beides zusammen ging nicht …

Das Provinzstadtleben hatte nicht die Atmosphäre der amerikanischen Großstädte, von der man in den Zeitungen las, aber es reichte ihr – es tat gut, wenigstens mit einem Fuß in einer Gegenwelt zu leben, an einem Zipfel des großen Weltgeschehens teilzuhaben, zu-mindest schien ihr das so.

Irgendwann aber blätterte die schillernde Fassade der Gegenwelt ab. Die Gruppe, die sie kannte, wurde kleiner. Manche starben in trostlosen Bahnhofs-WCs, verschwanden in den Stadtgefängnissen, landeten auf dem Strich oder wurden verrückt. Die Gespräche in den Nächten wurden immer hohler – vielleicht waren sie immer hohl gewesen. Das geliebte Café verwandelte sich nicht mehr in eine orientalische Lasterhöhle, die Tapeten blieben auch nach 23 Uhr schmutzig und zeigten keine goldenen Ornamente mehr, die Augen tränten vom Rauch. Der Ribiselwein schmeckte nur mehr süß und machte nicht mehr schwerelos. Er konnte den klaren Blick immer weniger trüben.

Manuel wollte weg von diesem Leben – er hatte lange genug am Abgrund gelebt, um den endgültigen Fall hinein nicht zu fürchten. Nach Monaten schafften sie schließlich den Ab-sprung.

Als Hannah schwanger war, weinte er – er hatte das Gefühl, einem Kind nichts bieten zu können. Seine eigene missglückte Kindheit und Jugend kamen wieder hoch – er hatte Angst, die Sicherheit, die er nie erlebt hatte, auch nicht geben zu können. „Aber vielleicht wird dieses Kind ein neuer Jesus", meinte er schließlich, als er sich ins Unvermeidliche schickte – für sie damals eine Blasphemie, die ihm aber zu helfen schien.

Da war dann wieder die Sehnsucht nach etwas Neuem.

Christiania und Findhorn waren damals in aller Munde – so viele Menschen gab es, die sich nach einer neuen Gemeinschaft sehnten und dorthin pilgerten. Auch wenn sie mit Manuel nirgendwohin ging, war jetzt nicht mehr die Stadt das Ziel der Sehnsucht, sondern das Land.

Sie entdeckten zusammen die Natur, bestiegen Berge bei Sonnenaufgang. Gemeinsam lasen sie alles über Gemüseanbau, Holzbearbeitung und Seifenerzeugung, lernten Spinnen und Weben. Die Alten, welche das alles noch aus ihrer Kindheit kannten und vorsintflutlich fanden, belächelten sie milde. „Wozu etwas selber machen, wenn man jetzt doch alles kaufen kann?", dachten die Menschen, deren Leben in den Wirtschaftswunderjahren immer leichter wurde …

Daheim bemalten sie ihre vier Wände mit Paradiesvögeln, riesigen Sonnenblumen und Märchendrachen und lasen die Comics-Erzählungen, die damals alle lasen: Natürlich Asterix, aber auch die vom kleinen bösen Kalifen Isnogud und seiner Freundin Boogie-Schnute. „Boogie-Schnute, das bist du", sagte er.

Räucherstäbchen mit Patschuliduft und Vanilletee – damals noch schwer aufzutreiben und sehr exotisch – waren die neuen Geschmacks- und Dufterlebnisse. Dabei hörten sie Donovan, Bob Dylan – und natürlich die Stones. Sie lasen alles über Che Guevara und Ernesto Cardenals Befreiungskampf – die Welt rief laut nach Veränderung. Sie selbst waren nicht wirklich Kämpfer – aber Bekenner: Auf dem Gartenzaun prangte groß das Anti-Atomkraft-Plakat und der Metzger ärgerte sich über die ätzenden Bemerkungen der Neo-Vegetarier – beides damals, in der biederen Kleinstadt, unerhört.

Auf ihrer Insel im ersten Stock eines ganz gewöhnlichen

Hauses umgaben sie sich mit Hunden, Katzen, Vögeln, Fischen und Blumen. Das Leben fühlte sich paradiesisch an, und aufregend.

Irgendwann war Hannah das nicht mehr genug. Die Zeit des Träumens war vorbei und mit dem wachsenden Bewusstsein der Realität schob sich auch langsam das Trennende vor das Gemeinsame. Immer deutlicher wurde der Unterschied in ihrer Sprache (der Sprache der Straße und des Gymnasiums), ihrer Lebensart, den Zukunftsplänen und dem Umgang mit dem Leben allgemein. Als ihnen die Geld- und Beziehungsprobleme über den Kopf wuchsen, versuchte sie zu flüchten, kam dann doch wieder zurück. Sie lief vor den Verwünschungen weg und kam wieder heim. Bei beiden war Angst spürbar – bei ihr vor der inneren Sackgasse, bei ihm vor dem Verlust seiner neuen bürgerlichen Existenz, die er schätzen gelernt hatte. Es siegte ihre Angst vor körperlicher Gewalt – diese war schluss-endlich größer als das schlechte Gewissen und die Sorge um seine und ihre Zukunft.

Hannahs Weggehen war der Anfang von Manuels endgültigem gesellschaftlichen Untergang. Es brachte ihn auf die Straße und immer wieder ins Gefängnis. Regelmäßige Arbeit fiel ihm schwer, nachdem er wieder zu trinken begonnen hatte. So zerrann ihm das Geld mit Hilfe seiner sogenannten Freunde unter den Fingern, wenn er es einmal – selten – in der Tasche hatte. Seine Verwünschungen nach ihrem Weggang sollten sie jahrzehntelang begleiten …

Als sie ihn suchte, in der Hoffnung, ihn irgendwann einmal in ruhiger Verfassung anzutreffen, war er unauffindbar. Wenn sie ihn innerlich losließ, kamen Botschaften von Menschen, die ihn da oder dort gesehen hatten: Ein Film war gedreht worden, in dem er über sein Leben philosophierte, auf dem Hauptplatz wurde er wegen Ladendiebstahls festge-nommen – er hatte eine Wurst nicht bezahlt. Jemand hatte gehört, dass Manuel aus einem Haus einen Stuhl gestohlen hatte und darauf sitzend an der nächsten Kreuzung vor der roten Ampel eingeschlafen war. In der Straßenbahn habe er sturzbetrunken „Heil Hitler“ gegrölt. Ein Abbruchhaus, in dem er lange lebte, konnte er gerade noch verlassen, ehe dort ein Mensch getötet wurde …

Und einmal, hörte Hannah, habe er eine längere Beziehung mit einer jungen, depressiven Frau aus reichem Haus gehabt. Manuel kam dazu, als sie aus dem 9. Stock ihrer Wohnung springen wollte, und konnte sie nicht halten. Das erste Mal überlebte sie noch wie durch ein Wunder. Das zweite Mal wollte sie ein weiteres Wunder verhindern und zündete vor dem Sprung die Wohnung an. Manuel, der des Mordes verdächtigt wurde, konnte be-weisen, dass er zur Tatzeit nicht im Haus war, und wurde von der Polizei wieder freigelassen.

Wie viel Leid kann ein Mensch ertragen, ohne darüber den Verstand zu verlieren?

Schließlich wollte Manuel doch noch ein bürgerliches Leben beginnen. Er wollte die Spuren des Alkohols aus seinem Leben ausradieren, um sich vor seiner Tochter nicht schämen zu müssen. „Bürgerliches Leben“ war jetzt nicht mehr das Synonym für ein normiertes, stumpfes, langweiliges Dasein, sondern ein anzustrebender Zustand, der Sicherheit bedeutete. Manuel wohnte, schon schwer krank, sogar unspektakulär in einer kleinen Mietwohnung.

Eines Tages brach er an einer Bushaltestelle zusammen und starb, ohne Ausweispapiere in den Taschen. Lange wusste niemand, wer der Tote war.

Fremd eingezogen in diese Welt, fremd wieder ausgezogen ... Die Liedzeile aus Schu-berts „Winterreise" hätte Manuels Lebensmotto sein können.

Das Begräbnis, von dem Hannah erst am Tag zuvor aus der Zeitung erfahren hatte, war traurig, wie die meisten Begräbnisse. Das letzte Wort, das sie miteinander gesprochen hatten, war nicht schön gewesen und lag Jahrzehnte zurück. Nichts konnte gekittet wer-den, was hässlich zerbrochen war.

In der Aussegnungshalle war sie nicht allein, wie zuerst befürchtet – eine bunte Gesellschaft gab Manuel die letzte Ehre. Sozialarbeiter, Nonnen aus der Suppenküche, die ihn gemocht hatten, und Weggefährten aus der letzten Zeit. Der katholische Pfarrer sprach Worte, die zwar unpersönlich waren – wie sollten sie auch persönlich sein, schließlich hatte er diesen Mann lebend nie gesehen, und vom Toten hatte ihm auch niemand erzählt. Auf eine Weise war diese allgemeine Skizze eines Lebens und eines Sterbens aber doch berührend, weil jeder sie mit seinen eigenen Gedanken füllte.

Von der Familie war niemand da. Der Vater und die Brüder wollten mit „so einem" auch im Tod nichts zu tun haben. Die Mutter wäre vielleicht gekommen, konnte es aber nicht mehr – sie hatte sich aus dem Fenster einer psychiatrischen Anstalt gestürzt. Die Schwestern, deren Aufenthaltsort Hannah nicht kannte, hatten, wie sich später herausstellte, vom Begräbnis durch die Anzeige in der Zeitung erfahren, waren aber trotzdem nicht erschienen.

So traurig das Begräbnis selbst war – das Zusammensein nach dem Begräbnis in der schmucklosen Friedhofskantine bei schlechtem Kaffee war das fröhlichste dieser Art, das sie je erlebt hatte. Ein Schwank aus Manuels Leben folgte dem anderen, jeder wollte immer noch ein Erlebnis zum Besten geben. Am Ende hatte jeder das Gefühl, dass Manuels steiniges Leben in diesen – durch die Zeit abgeklärten – Erzählungen gewürdigt und durchlichtet worden war.

Dann gingen sie durch die Wohnung, die Manuel in der Gewissheit verlassen hatte, bald wieder zu Hause zu sein. Das Essen stand auf dem Ofen, eine aufgeschlagene Zeitung lag auf dem Tisch – es schien, als könnte Manuel jederzeit zur Tür hereinkommen. Ein Kloß stieg in Hannahs Hals auf, als sie Dinge aus ihrem gemeinsamen Leben wiedererkannte, darunter – besonders berührend – der Schnuller ihrer Tochter und zwei Holzringe, die Manuel und sie einander geschenkt hatten. Mit Buntstiften gemalte Mandalas und eine Makramee-Eule, selbst geknüpft. All das hatte Manuel in den Jahren auf der Straße mit sich getragen, daneben auch seine Plattensammlung, sein Schatz: Beethoven neben Frank Zappa, Mike Oldfield neben Dvořáks „Neuer Welt“, Panflöte neben alten deutschen Volksliedern – demokratische Musik ohne Unterscheidung in „Klassik“ und „Unterhaltung“, jede Sparte gleich viel wert … Und in einem Buch mit den „Schönsten deutschen Gedichten“ fand sie, durch ein Lesezeichen herausgehoben, Conrad Ferdinand Meyers Gedicht vom „Reisebecher“ wieder, das Manuel so geliebt hatte:

Währenddes ich, leise singend, reinigt' ihn vom Staub der Jahre, war's, als höbe mir ein Bergwind aus der Stirn die grauen Haare, war's, als dufteten die Matten, drein ich schlummernd lag versunken, war's, als rauschten alle Quelle, draus ich wandernd einst getrunken.

Ein schönes Bild – der Reisebecher, der den Staub des Lebens, die grauen Haare vergessen macht und zurück an grüne Wiesen und an sprudelndes Wasser führt …

Mit den Jahren wurde Manuel in der Erinnerung immer jünger. Wie eine Verkleidung legte er seinen Hass ab, seine Hilflosigkeit, seine Krankheit, seine Schimpftiraden, und war wie-der der, dessen Blick sie einmal bis ins Innerste getroffen hatte. Einmal noch sich so begegnen können …

***

DER GESCHICHTENERZÄHLER

Karawanserei … Und geschliffene Messer.

Leichter machte die Trennung von Manuel, dass Hannah wieder verliebt war – in einen Mann, dem die beständigen Alltagseruptionen, zwischen denen sie sich bewegte, fremd zu sein schienen. Er war kein Kind, das vom Leben träumte, sondern jemand, der das Leben und die weite Welt kannte.

Hermann war ein wunderbarer Erzähler, dem man stundenlang zuhören konnte. Er liebte Puschkins Erzählungen von den Räubern mit geschliffenen Messern im dunklen Wald, der Hauptmannstocher und den wilden Schneestürmen in Vollmondnächten, in denen man Wolfsgeheul hörte und das Geräusch der Schlitten, in denen pelzbekleidete Großfürsten um ihr Leben fuhren. Er erzählte von Gogols toten Seelen und dem Krachen der schmelzenden Eisblöcke auf der Angara, von Aitmatows Elchmutter mit der Wiege zwischen den Hörnern, welche die Kinder brachte. Oder von Dschingis Khan und seinen Horden, die das Fleisch unter ihren Sätteln weich ritten. Dazu tranken sie Tee, den Hermann aus fast einem Meter Höhe von der Teekanne in bunte goldverzierte Gläser goss. Er hielt sich für die Reinkarnation eines alten Mongolen – wenn man ihn mit seiner bestickten Tubeteika auf dem Kopf Tee trinken sah, glaubte man das sofort.

Hier war alles, wovon Hannah geträumt hatte – Kunst in jeder Ecke und die Kultur der ganzen Welt. Sie schrieb für Hermann Liebesgedichte von Goethe auf schönes Papier ab, später Gedichte von Puschkin und anderen russischen

Dichtern, und legte ihm diese auf seinen Schreibtisch, der in einem Zimmerchen mit Blick auf einen verwunschenen Garten stand. Mit klopfendem Herzen wartete sie, dass er die Zettel finden würde. Zurück kamen Gedichte von Jiménez und kleine Textstellen aus Büchern von Knut Hamsun. Hermann liebte Knut Hamsun, wie alles Nordische – schließlich trug er auch einen nordischen Na-men. Ihm gefiel aber auch Puschkin, vor allem dessen „Ich liebte Sie, liebe Sie wohl noch immer …". Er mochte es, wenn sie ihm das Gedicht auf Russisch vorlas. Natürlich wusste sie, auf wen es sich bezog – nicht auf sie, doch es machte ihr nichts aus …

Sein Zimmer war eine Oase inmitten einer prosaischen Außenwelt. Dutzende Souvenirs in diesem Zimmer zeugten von Hermanns Reisen in exotische Länder – Teppiche aus Af-ghanistan und dem Iran, silberne Teekannen- und Gläserhalter aus der Türkei, Elfenbeinstatuetten, indische Zigaretten, ornamentverzierte Tischchen und reichgeschmückte Messingteller. Alles in diesem Zimmer hatte eine lange Reise hinter sich und eine Vergangenheit. Die Existenz jedes Dinges und der Platz, auf dem es sich befand, sie waren bedeutsam. Auf Gold- und Purpurtapeten hingen ausgewählte Drucke, auf den Staffeleien standen Aquarellbilder und Farbstudien. Kameltaschen lagen über Fauteuils, die Löwenpranken statt gewöhnlicher Stuhlbeine hatten. In den Regalen - Bücher der Weltliteratur und herrliche Kunstbücher, daneben Papiere in allen Farben und Stärken. Hermann schätzte die verschiedenen Anmutungen der Papiersorten aus Florenz oder Prag und prüfte sie einzeln, bevor er sie in winzige Bildchen verwandelte und Gedanken dazu schrieb, die Hannah unerreichbar schienen an Tiefe und Möglichkeiten.

Alle Zimmer, die sie in den Jahren mit Hermann eine

Zeitlang bewohnte, glichen einander fast aufs Haar. Die farbigen Wände, die Teppiche, die Öfen, die Hermann bei jedem Umzug mitnahm – man war gleich wieder daheim. Ein Gefühl wie in einem Wohnwagen, der von Stadt zu Stadt rollte – draußen verändert sich die Landschaft, drinnen bleibt es gleich …

Aber nicht nur Hermanns Einrichtungsgeschmack war erlesen, sondern auch sein Geschmack in jeder Beziehung. Er aß nicht wie Menschen, die sie bisher kannte, nur damit er satt wurde. Exquisiter Käse, feinste Schokoladen in winzigen Stückchen, edle Wurst und spezielles Brot, jede Mahlzeit ein Fest, das zelebriert wurde. Hannah fühlte sich neben ihm plump und ungebildet und merkte an allem und jedem, dass ihr Geschmack weder beim Essen noch in der Kunst gebildet war. Auch im Bereich der Geschichte und der Politik war sie keine ebenbürtige Gesprächspartnerin und musste sich mit dem Zuhören und Nachfragen bescheiden. Zwar begann sie intensiv zu lernen, lange aber schien das Ziel, Hermann in Bildung und Fähigkeiten zu erreichen, mit jedem Schritt vorwärts in noch weitere Ferne zu rücken.

Die Bewunderung für ihn war am Anfang kindlich – damals war Hannah auch fast noch ein Kind, nicht einmal zwanzig. „Kind", sagte er zu ihr, und sie bemühte sich immer noch stärker, schnell erwachsen zu werden. Seiner Weltsicht und seinen massiven Meinungen hat-te sie aber nichts entgegenzusetzen. Wenn sie versuchte, eine andere Seite einzubringen, konnte sie weder seine heftigen, teilweise ungerechten Argumente widerlegen noch seine dunkelgraue Stimmung aufhellen.

Als ihr gemeinsames Kind geboren wurde, schien er zwei Kinder zu haben – eines, dem er seine ganze Liebe schenkte, und ein erwachsenes, das es dem Vater nie so richtig recht machte. Mit dem dritten, Hannahs „mitgebrachtem“ Kind, kam er nicht zurecht – dieses liebte ihn weder so, wie er es wünschte, noch gehorchte es ihm ergeben. Hermanns Haltung ihm gegenüber war eine Quelle beständigen Leides, für alle Beteiligten, jahrelang …

Mit der Zeit erkannte Hannah die Sprache und die Bilder der Autoren seiner Geschichten und kannte deren Biografien bald besser als er: Im Erzählen aber blieb er unerreicht. Sie näherte sich seiner Welt gedanklich an und schmälerte dadurch ihr unmittelbares Erleben. Er aber lebte weiter in seinen lebendigen Bildern.

Ihm immer öfter widersprechen zu können tat gut, seine Erfahrung in der realen Welt aber konnte sie nicht wettmachen. Immer war er ihr mehrere Schritte voraus, denn er hatte das, wovon sie hörte oder las, wirklich gesehen und erfahren: das Nordlicht in Norwegen, die Hitze auf den Feldern von Afghanistan …

Dass Hannah nach Jahren für ihn endlich erwachsen war, fühlte sich nur ein wenig besser an. Die Bewunderung zu verlieren, weil man den Habit durchschaute, oder falsche Argumente widerlegen zu können und jemanden kleiner werden zu sehen. Beim Zerbrechen der von ihr selbst errichteten Fassade dabei zu sein, war ernüchternd für beide.

Oft beharrte sie auf ihrem Standpunkt nur, damit er ihr nicht wieder den Boden unter den Füßen wegreißen konnte, oder bestand auf einem Nein, um sich eine Atempause zu verschaffen. Sie wusste nicht, wie etwas sein sollte, rettete sich aber vor etwas, wovon sie sicher wusste: So sollte es nicht sein.

Nicht sein unerreichbarer Erfahrungsvorsprung trennte

sie schließlich, sondern das ganz gewöhnliche Leben. Die Unfähigkeit, miteinander den Alltag einzurichten, sodass er für beide erträglich war. Essen zu teilen, sich gemeinsame Ziele zu setzen, Pausen zu machen. Eine Wohnung zu bewohnen, zu diskutieren, ohne die Wertschätzung des Anderen zu verlieren. Ein Kind zu erziehen, ohne es für sich einzunehmen und den Anderen abzu-werten.

Zwischen Anfang und Ende lagen viele Jahre und viele Reisen – sein Kind sollte die Welt sehen, wie der Vater. Im Winter nach Prag oder nach Rom. Im Sommer nach Norddeutschland oder an die Loire, wo sich die Brücken so schön im Wasser spiegelten. Im Frühling nach Amsterdam oder in die ungarische Steppe. Nach Schweden, Norwegen, Dänemark. Christiania, das Hippiezentrum, war damals schon lange nicht mehr interessant, dafür die Skulpturen von Moore im dänischen Louisiana. Wieder zu Hause, wanderten sie durch die Wälder nördlich der Donau – ohne Weg, was die Spaziergänge um Stunden verlängerte. Immer wieder schauten sie von den Aussichtstürmen auf den Hügeln über die Grenze nach Böhmen, einem Sehnsuchtsort, den man zum Greifen nah vor Au-gen hatte, aber nicht ohne Weiteres erreichen konnte.

Hermann war aber nicht nur ein Reisender, sondern auch ein Getriebener. Er lebte und arbeitete an verschiedensten Orten, doch immer nur für kurze Zeit. Kam mit den höchsten Idealen und scheiterte bald, wie er sagte, an seiner lahmen Umgebung. Er schaffte es nicht, sich mit Andersdenkenden auseinanderzusetzen, ohne sie belehren zu wollen und enttäuscht zu sein, wenn sie dies nicht zuließen. Sie spürten das Einseitige: Hermann war ein Lehrer, der sich nicht belehren ließ.

Nach einigen Jahren im Westen Europas lebte Hermann im

Osten und ließ anschließend alles hinter sich, um ins Herz, die Mitte Europas zurückzukehren. Nachdem er Französisch und ein wenig Italienisch gelernt hatte, wollte er jetzt wieder dorthin, wo man Deutsch sprach und es Bücher gab, die er in dieser Sprache lesen konnte. Er saß in den Cafés, las eine Zeitung nach der anderen und schrieb Briefe an die inkompetenten Amtsstuben des Landes. Überall, wohin er schaute, gab es Missstände, die aufzuzeigen waren. Es waren viele ...

Damals hatte sie sich schon lange von Hermann getrennt, um ihr eigenes Kind zu retten – viel zu lange hatte sie damit gewartet. Sie wusste, dass die Entscheidung richtig war, und trotzdem war sie kaum zu ertragen.

Die Begegnungen mit Hermann waren damals zwar nicht mehr explosiv, blieben aber angespannt: Hannah wartete auf eine Attacke seinerseits und versuchte schon vorher sich zu schützen, er wollte bei ihr eine Schwachstelle entdecken, um diese für sich zu nützen. Sie bemühte sich dabei, Entschuldigungen für sein Verhalten zu finden, er nicht. Gleichzeitig bedauerte sie die Gereiztheit, die sie immer wieder schon im Vorhinein in sich aufsteigen fühlte, bevor noch eine Unstimmigkeit aufgetreten war: Hermann war alt geworden, wirkte schwach und hilflos. War sie zu hart mit ihm? Doch dann stürzte er sich plötz-lich voller Energie wie ein Habicht auf das hinunter, was ihn störte. Da wusste sie, dass er ihr kräftemäßig immer noch ebenbürtig war.

Als Hermann, wieder Jahre später, blühende Landschaften als dunkelgrau erlebte, meinte er, das liege am Alter. „To live is to suffer", sein Lebensmotto, sah er auch hier bestätigt. Irgendwann war es dann zu spät: Sein Herz war eng geworden, hatte sich, wie Hermann selbst, der Welt gegenüber immer mehr verschlossen. Immer kleiner wurde auch die Zahl der Schritte, die er noch gehen konnte.

Als er starb, waren sie immer noch nicht auf Augenhöhe. „Du bist klug“, sagte er, und das war das Höchste, was Hannah an Anerkennung bekommen konnte. Es war für sie nie genug gewesen.

Beim Gedanken an Hermann verband sich die Wärme seiner Holzöfen – er war ein leidenschaftlicher Ofenheizer – mit den Wortmessern, die er Menschen zielgenau nachwarf und die immer trafen, die Nächsten wie die Fernen. Die Liste derer, die er auf diese Weise verletzt hatte, war lang, und sie trugen schwer an ihren Wunden. Sie heilten oft über Jahre nicht …

Was blieb? Die gemeinsame Liebe zur blauen Stimme von Leonard Cohen. Hermanns Streben nach Schönheit und seine Liebe zum Schönen, zum Beispiel zur Schönheit einer Landschaft wie der des Ferghana-Tales in Usbekistan, das Hermann nie gesehen, von dem er aber immer erzählt hatte. Oder die Liebe zur skandinavischen Landschaft und den Schriften Knut Hamsuns. Die Bewunderung blieb für seinen unendlichen Fleiß im Malen, sein Bemühen um das Verständnis von Farben, seinen Kampf um reine Farben, die bei ihm immer ein wenig schmutzig aussahen.

Sich von seinen dunklen Seiten abzugrenzen hatte Hannah selbst lange nicht geschafft. Es war Schicksal, dass niemals jemand Hermanns Weg gekreuzt hatte, der seiner ver-nichtenden Zunge wirklich Einhalt gebieten konnte. Viele hatten es versucht, niemandem war es gelungen. So ging er lebenslang durch eine schwarz-weiße Welt, in der Überzeugung, dass man entweder für oder gegen jemanden sein musste: Dazwischen gab es nichts. Man bewunderte oder man hasste, man pries oder verurteilte, man war Freund o-der Feind. Und dem Feind erging es schlecht.

„Wo ist der Freund, den ich vergeblich suche? Es flieht der Tag, hab ihn noch nicht gefunden …“ *war denn auch eins von Hermanns Lieblingsgedichten. Es stammte aus seinem Lieblingsfilm, aus „Wilde Erdbeeren“ von Ingmar Bergman.*

***

DER NAMENLOSE

Namenlos … und doch erkannt.

Da war Milan. Um ihn war der Klang des Krieges, die Sprache Mak Dizdars. Hannah liebte seine slawischen Züge und sein weiches, breites Deutsch. Sie liebte auch den Klang seiner Muttersprache, der Sprache, in der Dizdar die „Steinernen Schläfer" in seiner Heimat besungen hatte – uralte Steine, auf denen menschliche Figuren den Kolo tanzen oder, verziert mit Spiralornamenten, von uralten Sonnenriten erzählen.

Bei jedem seiner Sätze klangen die Geschichten aus Ivo Andrićs Roman von der „Brücke über die Drina" und ihrer bewegten Vergangenheit mit. „Andrić, das ist unsere Geschichte", das hatte sich ihr eingeprägt.

„Ich werde dir nicht sagen, wie ich heiße", hatte er am Anfang zu ihr gesagt – sie hatte das zwar befremdlich, doch auch aufregend gefunden. „In Bahrain hatte ich einmal eine solche Geschichte. Ich wusste ihren Namen nicht, sie nicht meinen. Es war sehr schön. Ich habe sie nie wiedergesehen …"

Sie wusste, sie würde den Namen herausfinden, wenn sie wollte. Er hieß einfach „Du" und „Er" – was sollte sie sich jetzt darüber Gedanken machen.

Eine viel wichtigere Rolle spielte der Krieg – er war allgegenwärtig. In ihren Begegnungen war er nie auszublenden. Sie begann, alle Berichte der Tages- und Wochenzeitungen zu lesen, und hörte die neuesten Meldungen im Radio. Srebrenica, Banja Luka. Die Einkes-selung der Schutzzone, die überlasteten Telefonleitungen, das Warten auf Nachricht von seiner Mutter. „Meine Frau kocht so gut wie meine Mutter", sagte er einmal ohne Übergang. Es machte ihr nichts aus.

Manchmal verlor er seine Raubkatzengeschmeidigkeit. Dann saß er zusammengekauert auf der Bettkante. „Ich bin sensibel, weißt du?", sagte er. „Ich bin kein Mann wie andere …" Hannah tröstete ihn und versuchte ihn abzulenken, etwas Nettes aus ihrem Leben zu erzählen, merkte aber seine innere Abwesenheit und hörte schließlich auf.

Einmal blickte er aus einem der Fenster, die auf die Voralpen hinausgingen. „Salzburg ist gut", sagte er. „Hier schaut es aus wie in meiner Heimat. Einmal möchte ich noch die Apfelbäume dort sehen …" Heimat – das war auch der frühere Reichtum, dessen letzte Reste ihm von irgendwelchen dubiosen Grenzpolizisten abgenommen worden waren, bevor er ins sichere Ausland gekommen war. Nur der rote VW Polo, der jetzt immer mehr Rost an-setzte, war übriggeblieben.

Nach einigen Monaten ihrer Bekanntschaft beschrieb er Hannah sein Wiedersehen mit Damaskus, das sie unbekannterweise immer geliebt und wo er ein Wasserwerk gebaut hatte. Aus dieser Begegnung hatte er bis dahin ein Geheimnis gemacht. „Ich war vorher noch nie dort, aber ich kannte jeden Platz. Ich wusste genau, was hinter jeder Hausecke kommen würde. Das ist nicht normal, oder? Ich kann mit niemandem darüber sprechen, man würde mich auslachen …" In ihrer Welt galt das Paranormale als normal. In seiner als psychische Störung.

Sie sahen die „Unendliche Leichtigkeit des Seins" des Titels wegen und weil beide Kundera mochten. Die ausgedehnten Hochzeitsfeiern weckten Erinnerungen. „Genauso wie bei meiner Hochzeit", sagte er und lachte. Es machte ihr nichts.

Selten gingen sie zusammen unter Menschen – man hätte ihn ja mit ihr sehen können. Umso mehr genossen sie dann das Besondere dieser Ausflüge. Einer führte auf den Mönchsberg. Unter ihnen lag die Stadt, es dämmerte und die ersten Lichter gingen an.

Es war verwegen. Sie stand mit dem Rücken zur Mönchsbergmauer, er hatte sich gegen sie gedrückt und den Mantel um sie geschlagen. Neben ihnen schauten Japaner durchs Fernrohr und Deutsche, die sich nicht recht in ihre Nähe wagten, lobten die Aussicht. „Was machst du mit mir?“, sagte er zu ihr.

Dann war es vorbei mit der Leichtigkeit. Er fuhr an Hannah vorbei, ohne sie zu beachten, obwohl er sie sah. „Meine Familie ist mir heilig“, sagte er in einem Anruf danach, den sie zitternd, fast sprachlos, führte. Dass sie sein Leben zerstört habe, sagte er, denn seiner Ehefrau sei eine Außenbeziehung jetzt plötzlich doch nicht mehr gleichgültig. Und nie dürfe sie davon erfahren, auf keinen Fall. „Du kannst wählen“, hatte er gesagt, „das Kind oder ich“. Er drängte zu einer Abtreibung, sie wusste, dass er recht hatte. Ein Kind in dieser Situation – unmöglich. Am Abend vor dem Termin in einer entfernten Stadt ließ sie sich ein heißes Bad ein und öffnete eine kleine Flasche Prosecco. Bis das Wasser wieder kühl wurde, war sie leicht betrunken und tränenleer. Dann war ihre Entscheidung klar.

Am nächsten Morgen sagte Hannah den Termin ab – wegen Grippe, wie sie vorgab. Als er wieder anrief, teilte sie ihm ihre Entscheidung mit. Sie ließ sich nicht mehr umstimmen – weder von seinen Bitten noch von den Drohungen, sich in diesem Fall umzubringen.

Kein Foto von ihm sollte es geben für sein Kind, bestimmte

er schließlich, als er sah, dass es keinen Zweck hatte, sie zu bedrängen, keine Nachricht, die dieses Kind lesen sollte, wenn es einmal groß war. Namenlos wollte er bleiben und das, was nicht sein durfte, vergessen – denn dann war es nie geschehen.

Für ihn war die Sache damit erledigt und abgehakt, von seiner Seite her war alles gesagt worden. Es war nicht schwer, seinen Namen herauszufinden, ein Bild von ihm aufzutreiben. Doch da war niemand mehr, der es noch sehen wollte.

***

ZWISCHENSPIELER

Orakelblüten … Was blüht das Leben jetzt?

Unbemerkt war die Musik aus Hannahs Leben verschwunden, diejenige, die man einschaltete, zu der man sich bei der Arbeit bewegte, sich von einer unliebsamen Begegnung ablenkte oder von der man sich in eine freudige Stimmung tragen ließ. Lieder, die ihr früher wichtig gewesen waren, bedeuteten ihr nichts mehr. Erst viele Jahre später wurde ihr das wirklich bewusst – die Musik hatte ihr nicht gefehlt …

Es war kein leichter Gang zurück ins Leben, wie sie es früher gekannt hatte. Sie war verletzt, fühlte sich wund und hilflos. Doch nach einer längeren Periode des Rückzugs gab es schließlich wieder ersten Halt unter den Füßen – einen neuen Rhythmus und, nach einiger Zeit, wenn auch noch zögerlich, die Lust auf Leben, auf Nähe und Gespräche.

Hannah merkte, dass sie Menschen wieder wahrnahm, dass sie auf sie zuging oder mehr als einen kurzen Satz zur Antwort gab, wenn sie angesprochen wurde – egal ob von Män-nern oder Frauen. Sie wollte wieder zuhören und selbst erzählen. Und es kam die Lust wieder, das Schicksal zu befragen, wie es junge Mädchen tun – in die Zukunft zu schauen, Bilder zu betrachten, mit Deutungen zu spielen.

Es war Ende Oktober, und die Männertreu lebte noch … Ihr intensives Blau stach aus den Blütenfarben der Umgebung heraus, das Rot und das Gelb des Knöterichs konnten daneben nur noch müde wirken. Seit dem Frühsommer hatte Hannah dieses Blau mit Argusau-gen betrachtet und jede Änderung seiner Befindlichkeit registriert, hatte seine

Orakelsprüche aufgefangen, gedeutet und Handlungen gesetzt, um das Schicksal zu wenden, wenn es nötig schien. Sie hatte die Pflanzen gegossen, wenn sie welk schienen, sie der Sonne zugedreht, wenn sich die Blüten abwandten. Nach den ersten Frostnächten war sie mit bangem Gefühl auf den Balkon gegangen, um zu sehen, wie es um sie stand. Denn ihre Pflanzen waren nicht nur gewöhnliche Pflanzen, sie waren Symbole, die für etwas standen: einen Menschen oder eine Beziehung.

Im Jahr zuvor hatte die Männertreu üppig getrieben, dann vor sich hin vegetiert und war schließlich verwelkt, was nicht verwunderlich war – es entsprach den Lebenstatsachen.

Seitdem glaubte Hannah, dass man in den Pflanzen lesen konnte wie in einer Kristallkugel, und betrieb das Pflanzenorakel anschließend fast zwanghaft – befragte es nicht nur zu sich, sondern auch zu ihrem ganzen Umkreis. Jedem Menschen, zu dem sie in einer engeren Beziehung stand, war eine Pflanze zugeordnet: Der eine war eine Calla, ein anderer ein Asparagus, sie selbst ein Ficus. Natürlich war das nicht Voodoo, wie ein Unwis-sender einmal gemeint hatte. Sie manipulierte schließlich nicht, griff nicht in den Lebens-kreislauf ein – sie pflegte die Pflanzen nur und beobachtete sie genau …

Diesmal war es also besonders wichtig, was das Orakel sprach: Denn die Männertreu sollte für eine zukünftige Liebe stehen – für eine ganz besondere Begegnung.

Zunächst kamen kleine Bekanntschaften; zuerst die mit Selim, einem Kaufmann aus Ägypten, bei dem Hannah fast schon an Vorherbestimmung glaubte – lernte sie doch seit Jahren schon semitische Sprachen und war gerade dabei, den orientalischen Tanz und seine Musik zu entdecken. Selim erschien ihr wie ein prächtiger Sultan – eine Verkörperung aus Tausendundeiner Nacht, für eine kurze phantasieverklärte Zeit.

Während die Beschäftigung mit den Sprachen und der Musik anhalten sollte, verblasste das Interesse am Tanz aber wieder. Hannah war fasziniert von seiner Glitzerwelt – den Glöckchen, den bunten Tüchern, den komplizierten Rhythmen – und wusste gleichzeitig, dass diese Welt nicht ihre war. Das Locken, das Lächeln, das Sich-an-jemanden-Herantanzen – das war nicht sie. Und trotzdem: Es hatte gutgetan.

Die Bekanntschaft mit Selim ging schnell und mehr oder weniger spurlos an ihr vorbei, wie auch die mit Iwan, einem Wissenschaftler aus Russland, mit dem sie über einen Zeitungsartikel zur angeblichen Cholera in Moskau ins Gespräch kam und den sie dann dort besuchte, einmal – und nicht wieder.

Letztendlich waren diese Bekanntschaften weniger interessant als die Tatsache, dass beide im Zug geschlossen worden waren. Es waren schnelle Begegnungen, nach denen man ohne nachzudenken die Destination wechselte ...

***

DER LESER

Mitten ins Leben – von vielem zu viel,
von vielem zu wenig.

Eine wesentliche Begegnung kam danach schneller, als Hannah es sich vorgestellt hatte.

Mitten im überfüllten Gastgarten eines Stadtheurigen gab es nur einen einzigen Platz – den bot ihr Paul an, ein Mann, den sie von früher kannte und dann irgendwann aus den Augen verloren hatte. Schnell war man, nach dem Austauschen allgemeiner Höflichkeiten und alter Erinnerungen, im Heute angelangt.

Ein kluger Mann sagte einmal, die allerersten Momente einer Bekanntschaft trügen schon das Siegel späterer Konflikte in sich – das sollte sich als wahr erweisen. Für jedes Problem, das Hannah anschnitt, hatte Paul eine Lösung, einen Plan – in Schallgeschwindigkeit entworfen. Oder er wusste einen Bekannten, der einen Zuständigen kenne oder selber zuständig sei – alles werde sich auf der Stelle wie gewünscht fügen. Ein Einwand ihrerseits löste bei ihm eine leichte Irritation aus, die er sich aber schnell wieder aus dem Gesicht wischte. Das sei eben so mit den Frauen, sagte er später einmal. Männer seien lösungsorientiert, Frauen wollten nur reden, an Lösungen seien sie gar nicht interessiert. Hannah versuchte sich für seine Vorschläge dankbar zu zeigen, war aber erleichtert, als ihr ein Blick auf die Uhr die Möglichkeit bot, sich zu verabschieden.

Kaum daheim, kam schon das erste Mail, mit Dank für das schöne Treffen und der Bitte um ein weiteres, und schließlich, beim nächsten Zusammensein persönlich überreicht, ein

Buch von Hilde Domin mit der Widmung: „… dem Wunder wie einem Vogel die Hand hinhalten." Das saß.

War es nicht ein Wunder, eine Beziehung mit einem Dichterwort zu beginnen?

Paul war ein begeisterter Leser. Er las Bücher über Geschichte und Politik, liebte die alte, aber auch die neue Literatur, kannte eine Unmenge von Filmen samt den darin auftretenden Schauspielern und das Jahr, in dem der Film gedreht worden war. „Kennst du das?" war eine häufige Frage und oft kannte sie es nicht. Er liebte es, sich mit Büchern zu um-geben. Überall hatte er Bücher dabei, viel mehr, als er wirklich lesen konnte – im Café, im Auto, am Strand – und zitierte aus ihnen.

Paul schwärmte von der italienischen Lebensart und der italienischen Sprache, schätzte Grappa und fein geschnittenen Parmaschinken mit Oliven und Weißbrot. Man konnte mit ihm stundenlang im Café sitzen, Espresso trinken und über Gott und die Welt reden – sein Wissen war enzyklopädisch. Er wirkte überlegt, seriös und herzlich – erst wenn man sich mehr auf ihn einließ, machte sich seine innere Unruhe bemerkbar. Am Anfang war das nicht von Bedeutung, er fühlte es jedoch selbst. „Du bist so ruhig", sagte er, und Hannah fühlte, dass ihn das noch unruhiger machte.

Paul war kein Mann von der Stange, wie er selbst von sich sagte, sondern einer, der die Literatur kannte, vieles liebte, was sie liebte, dazu kinderfreundlich und aufmerksam war.

Nach seinen Aufmerksamkeiten und den Unternehmungen mit ihm war sie hungrig. Und sie spürte sie wieder, endlich – die Lust aufs Leben.

Sie aßen zusammen, gingen ins Kaffeehaus, zum Eislaufen auf den Weiher, zum Wandern in die nahe Au und zum Fahrradausflug in die Stadt, um am Abend ermattet ins Bett zu sinken. Wenn sie nicht zusammen waren, kamen Anrufe ohne eigentlichen Anlass, weil er ihre Stimme hören wollte. Hannah konnte ihre Gereiztheit bald nicht mehr unterdrücken. Für sie musste es einen Grund geben, miteinander zu telefonieren – sonst war ihr das Schweigen lieber.

Was zuerst Freude bereitete, artete mit der Zeit in einen nicht enden wollenden „Was Schönes erleben und sich was Gutes tun"-Marathon aus. Ja, sie hatten viele Gemeinsamkeiten, er war ein kulturell rundum interessierter Mensch: Sie liebten Literatur, guten Kaffee in schönem Ambiente, gehaltvolle Bücher und Filme, italienisches Essen und gute Musik. Das war nicht wenig, und sie genossen es. Dass Hannah dieses Leben einmal zu anstrengend werden würde, hätte sie nie gedacht. Noch aber war alles gut. „Wir kennen uns jetzt bald ein Jahr und haben noch nie gestritten", erzählte sie einer Freundin.

Bald darauf schon sollte es die ersten Differenzen geben – nach einigen wunderbaren, komplikationslosen Reisen in den Süden zunächst über eigentlich harmlose Dinge wie die nächsten Reiseziele. Island, New York – dorthin wollte sie nicht, hatte dort keinen Auftrag, wie sie sagte, ein Ausdruck, der ihn reizte, obwohl er nur bedeuten sollte, dass sie für sich dort nichts zu tun sah. Sightseeing war für Hannah kein Grund, irgendwohin zu fahren. Man musste in ein Land fahren, weil etwas einen dorthin zog, so schien es ihr. Nach Italien zum Beispiel, um Leopardis Ginster mit eigenen Augen zu sehen und dann Gedichte zu schreiben, oder zu fühlen, dass der Boden um den Vesuv von anderer Qualität war als der in den Abruzzen. Die isländischen Geysire lockten sie nicht – wenn, dann nur die in Sibirien.

Osteuropa kannte sie gut, wollte dorthin aber lieber allein fahren. So ritt jeder sein eigenes Steckenpferd.

Dann wurden die Streitigkeiten häufiger. Als sie auch heftiger wurden, begann Paul, Bücher über Psychologie und Paartherapie zu lesen und verschiedene Strategien zu entwickeln, um das Gelesene anzuwenden. „Bei ... habe ich gelesen, dass ..." Es klang alles sehr vernünftig, bewährte sich aber in ihrer Beziehung nicht. Erst ein gefasster Vorsatz, dann der Versuch, ihn zu realisieren, dann der Rückfall.

So begann ein fast endloses Pingpongspiel. Egal was einer von ihnen sagte, es führte zu heftigen Diskussionen. Diese flauten mit den Jahren zwar ab, konnten aber irgendwann unerwartet in noch größerer Intensität immer wieder auftauchen. Paul und Hannah schrieben einander die schönsten Briefe, saßen miteinander am liebevoll gedeckten Tisch. Doch plötzlich reagierten sie auf Reizwörter, die sich mit der Zeit in sie eingeschlichen hatten und irgendwo in Nischen darauf warteten, aufgerufen zu werden. Man begann bei Prag und endete im Nahen Osten – der eine auf der Seite Palästinas, der andere auf der Israels. Man erzählte von einem harmlosen Ausflug mit einem Freund und landete übergangslos mitten in einem wilden Eifersuchtsdrama. Der Inhalt ihrer schönen Briefe – vergessen; das Essen in verdorbener Atmosphäre – unmöglich.

Die Nähe, die er forderte, konnte sie nicht zulassen – sie fühlte sich dadurch ausgelöscht. Hannah liebte seine Wärme, fühlte sich aber gleichzeitig erstickt von ihr. Die Distanz, die sie forderte, war ihm nicht möglich – er fühlte sich zurückgestoßen.

Es gab schließlich nichts mehr, das sie uneingeschränkt teilen wollten – aus Angst, der Andere könnte es zerstören.

Und war da nicht auch, uneingestanden und beiden unverständlich, die Lust an der Zerstörung, der man sehenden Auges entgegenging?

Gründe für Szenen gab es im Lauf der Zeit immer mehr. Er fand sie zu wenig aufmerksam und zu wenig dankbar für die vielen Dinge, die er ihr geschenkt hatte. Sie habe ihn nie darum gebeten, entgegnete Hannah. Er warf ihr seelische Kälte und Desinteresse vor. Sie wusste nicht, wovon er sprach. Heinz Rudolf Kunze, dessen Musik er liebte, schien „Alles, was sie will" für Paul geschrieben zu haben. Paul hatte alles gegeben, was sie wollte, war ihr zu Füßen gelegen. Für sie war es nie genug gewesen – wie für die Frau im Lied.

Immer mehr trat seine Zerrissenheit hinter dem versucht freundlichen Benehmen hervor. Die Vorwürfe wurden immer heftiger und es schien, als würde er sich allmählich in zwei Hälften aufspalten. Die eine, die überlegte Hälfte, wusste nach einer Wutattacke nichts mehr von der tobenden. Alles, was diese gesagt und getan hatte, war wie aus dem Gedächtnis gelöscht. Paul war dann wieder sanft und zärtlich, und die Erinnerung an sein Verhalten war wie ein böser Traum. Diese beiden Hälften konnte Hannah nicht mehr zusammenfügen. Vielleicht war sie an diesen Attacken schuld? Welche Rolle dabei die Tab-letten in seinem Bad spielten, blieb unklar. Sie fragte nicht.

Die Zahl der Bücher, die er las, war geschrumpft. Oft sah man ihn, wie er einfach dasaß und in die Luft schaute. Er zitierte nicht mehr, sondern begann zu schreiben. Zuerst setzte er seinen Namen unter Texte von anderen Autoren, in denen er nur einige Stellen verän-dert hatte. Dann aber schrieb er eigene luftig-zarte, romantische Wortgebilde für ideale, verklärte Frauen.

Von seinem Traum, Wein in Italien zu pflanzen, sprach er schon lange nicht mehr.

Für Paul war klar, dass Hannah der Auslöser für seine Traurigkeit war. Immer wieder kündigte er kryptisch einen möglichen Suizid an: „Du wirst schon sehen ..." An dem, was sie sehen werde, sei sie dann schuld, weil sie nichts tat, um es zu verhindern. Was sollte sie tun? Sie fühlte sich mehr und mehr bedrängt und schließlich schuldig für alles – für ihr Tun und für ihr Lassen.

Es gab wesentlich dankbarere Frauen in seinem Leben, das war irgendwann nicht zu übersehen. Sie bemerkte es an seinen plötzlich unaufschiebbaren Anrufen im Nebenzimmer, die trotz geschlossener Tür mit gedämpfter Stimme geführt wurden, und an zerknüllten Zettelchen, die er scheinbar achtlos liegen ließ. Gegen besseres Wissen nahm sie diese an sich, glättete sie und begann zu lesen: Dankesworte an Paul, den Helden, den Dichter, den Geliebten.

Zuerst nahm es Hannah beim Lesen die Luft, dann musste sie lachen, dann hatte sie einen Kloß im Hals.

Eigentlich hätte sie sich freuen können: Die Verehrerinnen gaben ihr einen Grund, sich aus dieser für beide zerstörerischen Beziehung herauszuziehen. Das Herz aber fand plötzlich tausend Gründe, die lautstark für die Fortsetzung dieser Beziehung sprachen. Ein Wunder gibt man doch nicht so leicht auf ... So drehte sich das Karussell der Trennungen und Wiedervereinigungen immer schneller – von den warmen Umarmungen, in denen sie für immer ertrinken wollte, zu den schneidenden Abschiedsworten – für immer, bis zum nächsten Mal, nur für ein paar Tage oder Stunden.

Irgendwann schaffte Hannah den Ausstieg doch. Eine Woche hatte er es nicht übers Herz gebracht, eine leere Flasche Rotwein und zwei Gläser zu entsorgen, die er nicht mit ihr getrunken hatte. Als ob man Küsse von Frauen am Weinglas konservieren könnte …

Hannah ging. Die neue Freiheit und der Friede in ihrem Leben taten gut, so gut, wie es vorher der Genuss der schönen Dinge im Leben getan hatte. Vielleicht waren Paul und sie nie wirklich ein Paar gewesen – der eine, ohne es sich einzugestehen, auf der Suche nach der Mutter in seinem Leben, die andere nach dem Vater in ihrem … Zu eng, zu kühl, zu schwer, zu leicht, zu viel, zu wenig.

Sie waren sich nie auf Augenhöhe gegenübergestanden. Trotzdem fiel es schwer, ihn zu vergessen – den Vogel, der kein Wunder und kein Paradiesvogel war.

Doch dafür konnte er nichts.

***

DER MUSIKER

Am Anfang war der Klang …

Nach der Trennung von Paul verliebte sich Hannah in Martin, einen Mann, der in seinen Briefen wehmütige, zarte Elegien auf sein Leben schrieb. Er war ungemein begabt, eindrucksvoll und doch sichtlich in sich gefangen. Diesmal wurde ihr schneller als sonst klar: Die Texte hatten sie berührt, und nicht der Mensch, der sie geschrieben hatte. Die Elegie war das eine, das Leben das andere, beide – unvermischbar.

Einer der wichtigsten Menschen in Hannahs Leben aber wurde Amir, wobei sie aus der Distanz nicht mehr sagen konnte, welche Rolle die Musik und welche der Musiker spielte, der sie erschuf.

Amir war der Meister, sie die Schülerin, das war klar. Er war niemand, der sich gern einem anderen öffnete, liebte das Zuhören mehr als das Sprechen. Wenn er dann aber sprach – nie über sich, sondern über das, was er gehört hatte –, waren seine Ratschläge keine Empfehlungen, sondern Anweisungen. Erfüllte man sie nicht, war er enttäuscht – er hatte lange um seine Antwort gerungen.

Einmal stand Amir vor einem schwarz-weißen Hintergrund: Die Trennlinie zwischen Schwarz und Weiß verlief mitten durch ihn hindurch. Es war aber nicht die Trennlinie zwi-schen Gut und Böse, die schwarz-weiße Welt, in der Hermann gelebt hatte. Nein, das Bild entsprach einer anderen Haltung. In Amirs Welt standen sich Schwarz und Weiß gegenüber und repräsentierten dabei die Welt des Meisters und die des Schülers. Diese beiden Welten durften sich nicht vermischen: Der Schüler war Schüler, der Meister Meister, so lange, bis er den Schüler – irgendwann vielleicht, vielleicht auch nie – als neuen Meister entließ. So lange wartete der Schüler an der Schwelle zur Tür der anderen Welt.

Diese Welt faszinierte Hannah. Der Tonraum, den sie durch Amir kennenlernte, war ihr vom Hören vertraut, vom Erzeugen neu. Der europäische Klang war ihr zu eng geworden, der Ton des Klavieres, der sie Jahrzehnte begleitet hatte, zu glatt. Jahrzehnte geschult im Hören europäischer Harmonien und Tempi befand sie sich nun in einem Bereich, der weder durch die Bünde eines Griffbrettes, noch das Zwölftonsystem eingegrenzt wurde. Die Sicherheit, mit der sie sich sonst durch den gewohnten Hörraum bewegte, war verloren. Das Danebengreifen auf dem fragilen Instrument mit den flirrenden Doppelsaiten, bei dem es um Millimeter ging, war fast unvermeidbar. Trotzdem – es erfüllte sie mit Scham und dem Gefühl des absoluten Versagens, neben diesem Mann zu sitzen, der das Instrument meisterhaft beherrschte und an jedem schiefen Ton zu leiden schien.

Da war es wieder – das Gefühl, das sie so gut kannte.

Im Nachhinein wusste Hannah nicht mehr, wie sie die Zeit überstanden hatte, in denen der Fortschritt klein und das, was vor ihr lag, unüberschaubar war. Die Arbeit am Instrument war gleichzeitig Arbeit an sich selbst. Über Tongenauigkeit ließ sich nicht diskutieren, sie musste immer wieder und wieder errungen werden – kleinste Stimmungsschwankungen des Spielenden waren dabei sofort hörbar.

Anders in den Improvisationsteilen, die sie jahrelang fürchtete: Hier ging es um das Einschwingen in ein Tonsystem, das trotz aller Liebe dazu lange fremd blieb. Nicht immer war ihr dieses Einschwingen möglich. Sie blieb zu viel bei sich, bei dem, was sie kannte, oder schwamm in einem musikalischen Raum, den sie nicht gestalten konnte.

Man musste das Verstecken aufgeben, musste die eigene Stimme erklingen lassen, wenn einem zugespielt wurde, und sich nach dem Solo zur richtigen Zeit wieder zurücknehmen. Oft war sie so versunken in die Stimme des anderen Instrumentes, dass sie den Übergang zum eigenen Part vergaß, aus dem gemeinsamen Netz fiel und den Faden verlor.

Das Spielen war ein Spiegel von Hannahs Beziehung zu Amir, aber auch ein Spiegel ihres Verhältnisses zur Welt, ihrer Beziehungen überhaupt. Amir war übrigens der erste Mensch in der Reihe ihrer Freunde, der niemand anderer sein wollte als der, der er war. Tag- und Nachtmensch waren bei ihm deckungsgleich – er brauchte kein Geheimnis. Amir wusste jeden Augenblick, was er tat und warum, es gab keine Schlamperei, kein Sich-gehen-Lassen, und trotzdem genug Raum für Spontaneität.

Sie lernte bei ihm, sich in der Melodie nicht wegtreiben zu lassen, wenn er ihr zuspielte, sondern ihre Stimme zu seinem Spiel hinwachsen zu lassen und ihn dann schließlich ein-zubeziehen – ein Dialog auf ganz anderer Ebene, als sie es bis dahin gekannt hatte.

Das Gefühl des Verliebtseins blieb nicht aus, aber während es im Laufe der Jahre wieder verging, blieb die Bewunderung für Amir bestehen. Sie wuchs mit den Jahren immer mehr, während sie selbst als Schülerin und als Mensch mit der Zeit immer eigenständiger wurde. Die Scham über ihr unvollkommenes Spiel wich dem Bewusstsein, die Dinge nur so machen zu können, wie es im Moment möglich war, und dazu zu stehen. Das Verschmelzen-Wollen hatte sich verwandelt – zunächst in den Wunsch nach Gegenüberstehen, später auch in die Fähigkeit dazu.

Das war neu.

Einmal sprach Hannah Amir auf die idealisierte Liebe in den orientalischen Gedichten an. Der Inhalt dieser Gedichte hatte für sie keine Verbindung zur realen Liebe. Die dunklen Augen der Gazelle, der süße Speichel der Liebenden, der Mond, dessen Schönheit man besingt und in der Liebsten wiederfindet – was hatte das mit der Frau zu tun, die dem Sänger gegenüberstand oder die daheim auf ihn wartete? Die vielleicht nicht schön war, keine dunklen Augen hatte, keine herrliche Stimme? „Der Dichter sieht das in dem Moment so", war die knappe Antwort. „Ihr in Europa habt die Fähigkeit dazu verloren!"

Das traf sie, denn er hatte recht. Auch sie hatte wohl die Fähigkeit verloren, das Gesicht hinter dem Gesicht zu sehen …

Die Verwandlung schien mit dem musikalischen Weg zusammenzuhängen, den sie gegangen war. Mit Verwunderung sah sie schließlich auf die Zeit davor – war das wirklich sie gewesen?

Trotz des Verlustes, auf den sie durch Amirs Antwort hingewiesen wurde, war dieses Neu-Sein eines der größten Geschenke, die ihr das Leben gemacht hatte, und sie war dankbar dafür. Viel wichtiger noch als die Fähigkeit des Spielens auf dem Instrument selbst war die Fähigkeit, sich nicht zu verlieren.

***

DER MALER

Gantenbein, Lila – und …?

In ihrer Jugend hatte Simon zu ihren wichtigsten Lebensmenschen gehört. Er war es gewesen, der begeistert von Dalí erzählt und Bilder in dessen Stil gemalt hatte – Uhren, die schmolzen, und gespenstische Pferde mit Spinnenbeinen. Er hatte ihr den „Tod des Vergil" von Broch ans Herz gelegt, bei dem sie über die erste Seite nicht hinausgekommen war, und „Mein Name sei Gantenbein" von Max Frisch. Gantenbein und seine Freundin Lila, ihrem Gedächtnis unauslöschlich eingebrannt … „Jeder Mensch erfindet die Geschichte, die er für sein Leben hält" – konnte das sein? Gab es denn keine Wirklichkeit? War alles nur Einbildung? Maya, wie die Buddhisten sagten?

Sie bewunderte Simon, wenn er zur Gitarre Lieder von Bob Dylan sang, ihr von seinen großen Plänen erzählte, seinen Projekten, den Kontakten. Sie war traurig, als er von der Schule ging und auf der Kunstakademie jener Stadt inskribierte, in die sie immer noch ziehen wollte – der Stadt von Daniel, in der sie zehn Jahre später dann wirklich wohnte. Simon studierte, machte Karriere und war auf großen Bühnen zu Hause. Am Anfang kamen manchmal noch Anrufe zwischen Produktionen und wichtigen Besprechungen, er sprach klug, weltmännisch – und wurde ihr fremd mit seinem ganzen fernen Leben. Die Kontakte wurden schließlich immer seltener, und irgendwann blieben sie ganz aus.

Als Hannah wieder einmal die Stadt besuchte, in der Simon und sie ihre gemeinsame Schulzeit und sie auch ihre ersten Arbeitsjahre verbracht hatte, machte ein Plakatständer auf der Hauptstraße auf eine Ausstellung von ihm aufmerksam. Hannah ging hinein und es schien, als ob zwischen diesem und ihrem letzten Treffen mit Simon kaum Zeit vergangen wäre – mit Leichtigkeit knüpften sie dort an, wo ihr Gespräch vor Jahrzehnten geendet hatte. Eigentlich konnte man ihr Gespräch nicht wirklich Gespräch nennen – es sprach nur Simon: über sich, seine Arbeit – und wieder über sich. War das immer so gewesen? Sie erinnerte sich nicht mehr ... und mochte ihn trotzdem.

Seine Erfolge, die Liste seiner Werke, die Namen der Künstler, mit denen er gearbeitet hatte – all das war beeindruckend. Trotzdem hatte er es dadurch nicht geschafft, die tiefen Kerben zu glätten, welche seine frühen Kindheits- und Jugenderlebnisse geschlagen hatten. Mitten im Erfolg als Bühnenbildner waren diese wieder hochgekommen und hatten ihn aus der Bahn geworfen. Lange Zeit danach hatte er wieder ganz von vorn begonnen – diesmal als Maler.

Für die meisten Menschen waren seine Werke einfach großflächige, dekorative Arbeiten. Für diejenigen, welche die Bilder lesen konnten, starrten Simons Wunden den Betrachter aus jedem seiner Bilder an. Nackte einsame Fabelwesen – halb Mensch, halb Elch – irrten schutzlos durch Wälder, überdimensionale Katzen fixierten den Betrachter, riesige Einmachgläser, mit Vögeln bemalt, hingen auf einem anderen Bild in einer menschlichen Hand.

Im Gespräch mit Simon aber klangen Lebendigkeit und Zukunftshoffnung an.

Einige Monate später besuchte Hannah ihn bei einem Arbeitsaufenthalt in einem Gemeinschafts-Atelier und Monate später in seinem eigenen Atelier in den umgebauten Stallanlagen eines herrschaftlichen Anwesens inmitten der urwüchsigen Landschaft, die ihr von früher vertraut war. Es war schön, wieder die alten Wege an einem Bach entlangzugehen, dessen Wasser – weil es Eisen enthielt – rostfarben war, den starken Duft der Sommerwiesen einzuatmen und mit der Hand den gesprenkelten Granitstein zu berühren.

In der Jugend waren Simon und sie lange ineinander verliebt gewesen, gleichzeitig hatten sie immer gewusst, dass es für beide besser war, Freunde zu bleiben, kein Paar zu werden. Bei ihrem letzten Treffen hatten sie diese Regel durchbrochen.

Es war das immer gleiche Schema gewesen: Simons Frau, die an diesem Abend nicht daheim war, spielte für ihn in dem Augenblick, in dem er eine Andere begehrte, keine Rolle. Hannah ihrerseits hatte die warnende Stimme in ihrem Inneren erfolgreich verdrängt: Nachdem Simon ihr stundenlang von allem Möglichen erzählt hatte – seinen politischen Aktivitäten, den künstlerischen Plänen für die Zukunft, seinen ungeregelten familiären Strukturen –, blieb sie, als er endlich aufhörte zu sprechen. Sie wusste in jedem Moment, dass sie besser hätte gehen sollen, bereute trotzdem nichts, als sie wieder fuhr. Und war verletzt, als Simon danach nicht mehr zu erreichen war, sich einfach tot stellte.

Als sie den Abend später nüchtern überdachte, wurde Hannah bewusst, dass Simon ihr keine einzige Frage zu ihrem Leben oder ihrer Arbeit gestellt hatte. In seinem Atelier, zwischen seinen eigenen gemalten Lebensthemen, hatte sie diese Tatsache verdrängt. Simon hatte ihr auch keinen Raum gelassen, etwas von sich zu erzählen. Das Ungleichgewicht in ihrer Kommunikation war für ihn nicht störend gewesen.

„Selber schuld", sagte sie sich, nachdem ihre Verwirrung aufgrund von Simons plötzlicher Sprachlosigkeit der Verwunderung gewichen war – der Verwunderung über diesen Satz ohne Punkt in ihrem Leben, an den sich kein Text mehr anschließen ließ.

Ärger oder Wut aber spürte sie keine – meistens wenigstens.

Simon hatte ihr eines seiner Bilder geschenkt. Es zeigte sein Lieblingsmotiv, ein Mischwesen zwischen Elch und Mensch – einen einsamen Faun, der nackt im Wald umherirrt. Hannah warf das Bild in den Müll. Mit dem Elch, der den Menschen verbarg, wollte sie nichts mehr zu tun haben.

Simon selbst sah sie nie wieder.

Das also war das Ende einer Beziehung, die nie eine gewesen war – und es war gut, dass das Ende schnell gekommen war. Vielleicht hatten sie beide nur etwas nachgeholt, das in der Jugend nicht ausgelebt worden war und jetzt nicht mehr in ihr erwachsenes Leben passte.

Vielleicht aber hatte Hannah Simon auch nur wiedergesehen, um durch ihn Konstantin kennenzulernen.

***

DER EREMIT

Für immer, fraglos.

Wann kann man eine Liebe die letzte nennen? Schließlich weiß man nie, was das Leben noch bereithält – noch dazu, wenn es um eine Liebe geht, die dem ganz gewöhnlichen Alltag nie standhalten musste.

Ist es wirklich das wichtigste Kriterium der Liebe, dass sie sich im Alltag bewährt?

Auch Jahre nach der Begegnung mit Konstantin fühlte sich die Bezeichnung „letzte Liebe" immer noch richtig an. Einfach weil danach keine Steigerung vorstellbar war. Und viel-leicht, weil es hier nie eine Entzauberung gegeben hatte – keine verklärenden Schleier, keine falschen Wunschbilder von beiden Seiten, die man entfernen hätte müssen. Und weil diese Liebe spiegelbildlich der ersten wichtigen Beziehung in Hannahs Leben entsprach, empfand sie diese wie einen Schlusspunkt. Denn auch Konstantin blieb in ihrem Leben präsent, so wie Daniel, als dieser als reale Person daraus längst entschwunden war.

Simon hatte ihr bei ihrem letzten Treffen die Vernissage eines Bekannten empfohlen. Selbst könne er nicht kommen, sie aber solle diese unbedingt besuchen – die Bilder seien ganz speziell. Der Bekannte sei so etwas wie ein Mönch und lebe in einem Kloster, könne es aber für gewisse Reisen und Veranstaltungen wie diese Vernissage verlassen.

Hannah fuhr hin und kam eine Stunde vor Veranstaltungsbeginn in der Galerie an. Außer ihr, dem in Schwarz gekleideten Galeristen und dem Künstler in weißem Leinenanzug war noch niemand anwesend. Der Künstler,

Konstantin, hatte bis auf eine schnelle Begrüßung auch noch keine Zeit für Besucher – zusammen mit dem Galeristen war er damit beschäftigt, Bilder aufzuhängen und energisch letzte Veränderungen im Raum vorzunehmen.

Konstantin – ein großer drahtiger Mann mit schon schütterem weißem Haar und weißem Kinnbart – war Hannah nicht gleich sympathisch. Er wirkte unzugänglich, abweisend. Seine Bilder aber zeigten eine faszinierende Seite seiner Persönlichkeit. Sie waren magisch, anders konnte sie es nicht nennen. Nachts in einer Klosterzelle mit Farbstiften auf billiges Papier gemalt, glänzten, schillerten und leuchteten sie, was man rein von der Technik her nicht ganz verstehen konnte. Sie hatten ein Geheimnis.

Die meisten waren nicht besonders groß und zeigten immer dasselbe Sujet: geheimnisvolle Türme und Zelte, manche ohne Zugang, in einem dunklen All schwebend, begleitet von fernen Monden oder verdeckt von Wolkenfetzen. Manche besaßen auch eine Art Zugbrücke, von der man nur einen kleinen Teil sah – und nie den, der es ermöglichte, den Fuß auf die andere Seite zu setzen. Einige Bilder waren zu Liedern von Leonard Cohen entstanden, den sie beide liebten, und trugen deren Titel.

Menschen sah man auf diesen Bildern nicht, vielleicht waren sie gefangen – oder beschützt? – in glänzenden Gebäuden, unzugänglich scheinenden Türmen oder hinter der geöffneten Plane des blauen Riesenzelts, aus der ein rotes Licht drang. „Welten, Zelte, Lebenstürme" hieß die Ausstellung. Es kamen viele, um sie zu sehen. Die drei Galerieräume waren voll von Menschen, die sich vor den Bildern drängten und anschließend mit Konstantin sprechen wollten.

Vom Gespräch mit ihm erwartete Hannah nicht viel,

etwas Smalltalk, mehr nicht. Vielleicht würde sich nicht einmal ein Gespräch ergeben – schließlich war sie eine Fremde mitten unter vielen Freunden. Als er dann doch für sie Zeit fand, gab es ein erstes Warmwerden im Gespräch, dann, als sie nach einiger Zeit wieder heimfahren wollte, begleitete er sie zum Parkplatz. Das Gespräch, das sie auf dem Weg zum Auto führten, war eines der dichtesten ihres Lebens – kein Wort zu viel, keines zu wenig. Im Nachhinein war es wohl ein Gespräch zwischen ihren beiden Nachtmenschen …

Als kurze Zeit später das erste Mail von ihm kam, war Hannah – glücklich. Daheim las sie alles, was man über Konstantin lesen konnte. Bevor er ins Kloster ging, hatte er Reiseartikel für große Zeitungen geschrieben, die gleichzeitig Literatur vom Feinsten waren.

Während der nächsten paar Monate schrieben sie einander Briefe, deren Inhalte denen des ersten Gespräches glichen. Seine Zeilen waren erlesene Kostbarkeiten – ohne jede Spur von Selbstverliebtheit oder angemaßter Größe. Die Sprache war schlicht und wahrhaftig, die Erzählungen voller Humor, der nie spöttisch wurde. Manchmal hatte Hannah Bedenken, dass ihre eigenen Briefe diesem Menschen nicht gerecht werden könnten. Dann überwand sie sich und schrieb drauflos. Auf seine Antworten musste sie warten – im Kloster konnte er nicht schreiben, wann er wollte, von einer Ausgangsmöglichkeit ganz zu schweigen.

Sie wartete gern.

Konstantin und sie hatten viele Gemeinsamkeiten. Neben Cohen liebten sie zum Beispiel beide alles Slawische und Orientalische. Er war überall dort gewesen, wohin Hannah sich bedingt durch ihre Lebensumstände immer nur gesehnt hatte – auf den Balkan, in die Türkei, nach Mazedonien, in den Iran. Er konnte gehen, wohin er wollte, sie musste bleiben.

In diesem Winter brach er noch einmal zu einer großen Balkanreise auf. „Manchmal brauche ich das", sagte er. Nach der Abreise wurden seine Nachrichten noch seltener. Er schrieb aus Serbien und aus Bosnien, seine alten Knochen würden an allen Enden knacken und ächzen. Er sei den Reisen, so müsse er einsehen, wohl nicht mehr gewachsen.

Sein letztes Mail im alten Jahr schrieb er Hannah aus Istanbul, wo es in Strömen regnete, kurz vor Mitternacht. „Hätte ich gewusst, dass es dich gibt, dann hätte ich einige Entscheidungen anders getroffen", las sie dort. Ihr erstes Mail am frühen Morgen des neuen Jahres war für ihn bestimmt.

Dann kam kein Mail mehr. Und da war sie wieder, Hannahs Angst, in ihrer Antwort etwas Falsches, zu viel oder zu wenig gesagt zu haben, ohne zu wissen, was.

Auf ihre Nachfrage kam keine Antwort. Als sie irgendwann aus einem spontanen Einfall heraus auf die offizielle Seite des Klosters schaute, konnte sie nicht fassen, was dort zu lesen war: der Nachruf auf Konstantin. Er war eines frühen Morgens, bald nach der Rückkehr von der großen Reise, im Auto an einem Herzinfarkt gestorben.

Bruder Konstantin war zu seiner kosmischen Reise aufgebrochen und hatte Hannah nichts davon gesagt.

Als sie aus der Distanz auf Konstantins unerwarteten Tod schaute, konnte sie die Prophetie in seinen Bildern erkennen. Sie stellten nicht nur Türme ohne Türen und Fenster dar, mit spiegelglatten Flächen, die keinem Enterhaken Angriffspunkt boten. Sie waren gleichzeitig Weltraumbahnhöfe

– Empfangsräume, Wartesäle für eine Reise in eine andere Dimension. Kein Weltschmerz, kein Lebensüberdruss, keine Todessehnsucht war für sie in seinen Zeilen spürbar gewesen. Als Hannah aber nach langer Zeit seinen letzten Brief wieder las, war sie wie vom Blitz getroffen. Erst jetzt sah sie seine – wohl unbewusste – Vorahnung des Kommenden:

„Ich schicke Dir aus Byzanz / Istanbul eine sehr herzliche Umarmung. Und wenn wir wüssten, was die Zukunft für uns bereithält, wären wir wahrscheinlich gelähmt und unfähig zu leben. Seltsam, nicht wahr, dass wir eigentlich nur leben können, weil wir die Zukunft nicht kennen."

Hätten sie im Wissen um die Begrenztheit der ihnen zur Verfügung stehenden Zeit etwas anders gemacht? Nein, wohl nicht. Ihre Begegnung, die von Angesicht zu Angesicht nur ein einziges Mal stattgefunden hatte, hatte sich genau in dem Tempo und der Art entwickelt, die für beide richtig waren – ohne Drängen, ohne Fordern und im jeweils eigenen Lebensrhythmus.

Das Gefühl blieb, im anderen Leben wesentlich gewesen zu sein – früher wäre das Hannah zu wenig gewesen. Umgekehrt trug die Beziehung einen unzerstörbaren Kern in sich, für den Zeit keine Rolle spielte. Unbelastet vom Alltag gaben sie einander die Anerkennung, ohne etwas für sich zu wollen. Das tat gut. Es tat gut zu wissen, dass es jemanden gab, der mit seinen Worten ins Herz traf und dem die eigenen genauso viel bedeuteten.

Keiner hatte das Verlangen, jemanden in sein Leben ziehen zu wollen. Das war kein Miteinander im klassischen Sinn, es hatte nie etwas Handfestes. Es war aber gegenseitiges Berühren im Innersten auf eine leichte Weise und von einer Zärtlichkeit, welche die Distanz schätzte und das Wissen um den anderen.

Das ging nicht verloren.

***

TAG UND NACHT

Und jetzt?

Die Begegnungen nach Konstantins Tod – des zweiten Menschen, bei dem Tag- und Nachtmensch sich deckten – waren leicht und schnell wieder vergessen. Die neu erwor-bene Fähigkeit zur Distanz wurde erprobt und als tragend empfunden – es bedurfte dazu trotzdem einiger Gewöhnung und einiger Rückschläge.

Mit Hannahs Suche nach den Spuren, in denen sie gegangen war, verging der Winter. Dann wurde es, wieder einmal, Frühling. Die Weiden waren von einem grünen Schimmer umgeben, die Magnolien fast ganz aufgeblüht. Die weißen, gelben und blauen Farbtupfer in den Gärten an den Wegrändern stimmten sie jedes Mal im Vorbeigehen froh. Es roch nach feuchter Erde und frisch gemähtem Gras.

Indem sie diesen lang entbehrten Duft einsog, erinnerte sich Hannah an ihre Frage nach der verlorenen Sehnsucht im letzten Herbst. Als sie ihr nachging, merkte sie, dass die Frage sich nicht mehr stellte. Damals war es ungewohnt und auch ein wenig beängstigend gewesen, die Sehnsucht nicht mehr zu spüren, zumindest nicht so, wie sie dieses Gefühl ein Leben lang gekannt hatte: ein Feuer, das glomm oder loderte und gelöscht werden wollte – möglichst schnell, möglichst vollkommen, um dann bald wieder aufzuflackern. Die Reise in die Vergangenheit hatte die Antwort auf diese Frage gegeben. Hannah hatte den fehlenden Mosaikstein gefunden – wenigstens für den Augenblick.

Sehnsucht war die Aufforderung zur Bewegung – der

Stillstand war es, den sie als schmerzhaft empfunden hatte. Jetzt war es möglich, den Stillstand ohne Angst zu betrachten und langsam wieder Lust auf einen nächsten Schritt zu fühlen. Nicht losstolpern wollte sie dabei, sondern den Schritt bedachter tun als bisher.

Der Duft führte zur Blüte. Früher musste Hannah eine Blume in Händen halten und die Nase tief in sie vergraben, um sie spüren zu können. Hannah wollte ganz in der Blume aufgehen und hatte sie dabei oft zerstört. Jetzt schien es möglich, auf eine neue Art tiefer gehen zu können – die Blüte auf einer imaginären Wendeltreppe von innen wahrzunehmen, ohne sie zu berühren.

Was früher als Stillstand erlebt wurde, als unüberbrückbare Ferne, konnte sie jetzt betrachtend als Bewegung begreifen.

Es war Frühling. Dieses Mal war da kein Rausch, der Hannah irgendwohin trieb. Da war auch keine Trauer wie früher, weil alles neu wurde, nur sie selbst nicht. Hannah fühlte nicht einmal Wehmut, dass das Blühen wieder vergehen würde. Es war gut, wie es war. Wie lange dieser Zustand anhalten würde, war nicht von Bedeutung.

In der Vergangenheit war Hannah die Geschichte der Menschen hinter ihren alltäglichen Gesichtern wichtiger als die realen Menschen vor ihr. Das Alltägliche war langweilig gewesen, farblos. Oft hatte sie Menschen danach beurteilt, wie viel von der verborgenen, der Nachtseite, sie im Leben zeigen konnten. Wie Figuren in Erzählungen hatte diese Seite ihre eigene Dynamik entwickelt – und war letztlich wertvoller geworden als ihr gewöhnlich scheinender Zwilling.

Jetzt spielte, warum auch immer, das Gesicht hinter dem Alltagsgesicht keine große Rolle mehr: Robertson Ay aus dem Buch „Mary Poppins“ war als königlicher Hofnarr genauso wichtig wie als Hausmeister, die Schwestern bei ihrer Arbeit im Lebkuchenladen so inte-ressant wie als nächtliche Frühlingsboten.

Manchmal vergaß Hannah sogar, dass sie die hinter dem Alltagsgesicht verborgene Geschichte eines Menschen einmal gekannt hatte. Es war nicht mehr wichtig. Vielleicht würde die Erinnerung für immer verschwunden bleiben, vielleicht von selbst wiederauftauchen. Vielleicht würde auch jemand kommen, der sie weckte.

Manchmal war man eben Prinz, manchmal Dornröschen.

Was Hoffnungen und Erwartungen betraf: Man konnte nichts halten, was nicht gehalten werden wollte. So war es auch mit den Beziehungen zu Menschen.

Etwas fing an, etwas hörte auf.

Etwas ging, und etwas blieb.

Oder kam zurück, irgendwann, wenn es an der Zeit war.

Eigentlich war alles ganz einfach.

EPILOG

„Das Gefühl, das hier beschrieben wird, kenne ich nicht", sagte jemand, als er den Text zum ersten Mal gelesen hatte. „Die Frau, um die es hier geht, ist merkwürdig – ist sie lebensmüde? In einer depressiven Phase? Hat sie ein Burnout?"

Nein. Sie schaut an einem bestimmten Punkt ihres Lebens unaufgeregt zurück und verliert sich nicht mehr in Dingen, die sie nicht ändern kann.

„Wie kann man sein Leben so ruhig erzählen? Ohne Gefühlsausbrüche, Hass, Wut und Enttäuschung? Wieso ist das so abgeklärt? Manchmal wünschte ich, die Frau würde auf den Tisch hauen, zu weinen beginnen, ein Schimpfwort hinknallen oder die Tür zuwerfen!"

Wut und Enttäuschung verhindern, den Kopf über Wasser zu halten, wenn man schauen will, wo der Leuchtturm ist. Wut und Enttäuschung waren vorher!

„Ja, aber wo ist die Stimme, die irgendwann NICHTS mehr hören will – die sich nicht schert um Harmonie, Einsatz und gemeinsames Pianissimo? Die schreit – und zwar laut. Die sich nicht schert um Gerechtigkeit und Ausgewogenheit oder die Richtigkeit der Tonhöhe?"

Diese Stimme spricht hier allerhöchstens leise, eigentlich sollte sie hier nur zuhören: Die Zeiten, in denen die schrille Stimme ihre großen Auftritte hatte, sind vorbei!

„Und warum immer wieder Leonard Cohen? Der kam mindestens am Anfang vor und dann wieder am Schluss … Und die Männer im Text, irgendwie sind sie einander ähnlich. Oder kommt es mir nur so vor?“

Weil es immer die gleiche Frau ist, die sie auswählt. Etwas verbindet sie mit den Männern in ihrem Leben, das konstant ist. Warum nicht Leonard Cohen?

„Und den letzten Satz verstehe ich nicht. Was soll das mit dem Aufhören und dem Bleiben? Wieso ist das einfach?“

Weil es kompliziert ist, halten zu wollen, was nicht mehr ist. Und weil die guten Erinnerungen bleiben sollen – bei allem, was sich sonst verabschiedet hat.

Diese und andere Fragen wurden bedacht und beantwortet – der Text aber blieb im Wesentlichen gleich. Ein Zweiter würde andere Fragen stellen, der Dritte wieder andere.

Wie viele Stimmen wir doch hören, wenn wir leben, lieben, schreiben … In uns – die Stimme der Erwartung, der Hoffnung, der Vorstellung – Anklang für Kommendes.

Dann die Stimme, die unser Leben erzählt – detailreich oder mit Auslassungen, subjektiv oder objektiv. Das ist die Stimme des Menschen, der durch sein Leben klüger wurde, weil und nachdem er es durchlebt hat – und der beschreibt, was ihm von seinen Erwartungen und Träumen geblieben ist.

Das ist das Innen.

Dann gibt es Stimmen von außen – sie beurteilen die Figuren im Text und vergleichen sie mit ihren eigenen Lebensbildern, die enttäuscht sind oder bestätigen. Es sind die Stimmen der Lesenden und Hörenden, welche die Geschichte durch ihre eigene Lebensbrille lesen, mit ihren Erwartungen, Enttäuschungen, Hoffnungen. Mit ihren Fragen verändert sich die Sicht des Schreibenden. Er verändert in seinem Text die eine, dann die andere Stelle, die nächste und die übernächste …

Ist es dann noch der Text vom Anfang? Ja und nein …

Am Anfang sollte der Text eigentlich „Drei Stimmen" heißen. Die Mit-Sprecher wurden aber immer mehr – die der Leser, der Figuren, der Orte – und so heißt der Text jetzt:

„Stimmen".

Sie erheben keinen Anspruch auf Vollständigkeit.

FÜNFZEHN STUFEN ZUM ERFOLG

Fünfzehn breite Stufen führten hinauf zum Eingang – zu einer Glastüre, die sich automatisch öffnete, wenn jemand Einlass begehrte. Rechts und links bewahrten graue undurchsichtige Abgrenzungen die Menschen davor, unverhofft abzustürzen. In der Mitte des Auf-gangs aber spannte sich unter einem metallenen Handlauf ein pink-violettes wirres Netz an Fäden und trennte die beiden Treppenhälften fein säuberlich voneinander in eine linke und eine rechte. Ungefähr in der Mitte des Aufganges waren seit kurzem Botschaften aufgeklebt.

Links stand über drei Stufenabsätze hinweg in schwarzen Lettern:

ERFOLG IST KEINE TÜR, SONDERN EINE TREPPE.

Rechts, über zwei Stufenabsätzen, konnte man lesen:

HIER STEHEN IHNEN ALLE STUFEN OFFEN.

Die unterste Stufe war durch einen knallgelben Signalstreifen gekennzeichnet – schließlich verließ man hier die ebene Erde auf dem Weg in den ersten Stock.

Zweimal täglich führte mein Weg an dieser Einrichtung vorbei, in der seit einiger Zeit eine psychiatrische Wohngemeinschaft untergebracht war. Ich dachte darüber nach, wer wohl diese Aufschriften angebracht haben mochte – die Angestellten? Die Insassen? Wahrscheinlich die Pflegeschüler, die ihre Zukunft noch vor sich hatten …

Und da saß sie nun, in der Mitte des rechten Treppenaufgangs. Früher hatte ich sie jeden Tag im Kaffeehaus um die Ecke gesehen, denn wie ich war auch sie jeden Tag dort anzutreffen: eine imposante Erscheinung, mit der man aber lieber nicht an einem Tisch sitzen wollte. An den Taschen der Frau – sie hatte mehrere – und der Kette an ihrem Hals hin-gen unzählige kleine Plüschtiere, die zusammen plüschige Boas ergaben, aus denen hundert winzige Augenpaare den Betrachter anstarrten. Die Kette der Frau, die Taschen und Tierchen waren inzwischen verschwunden, ihre graue Löwenmähne aber war geblieben. Es hatte an diesem Nachmittag fast 30 Grad, meine Hunde hechelten wie verrückt – sie aber trug eine dunkle Daunenjacke, Winterstiefel mit offenem Reißverschluss und auf dem Kopf eine Pelzmütze. Der Blick der Frau war rätselhaft – einerseits verlor er sich in der Ferne, andererseits fühlte man sich von ihm durchbohrt und wollte ihm schnell entfliehen.

„Einen schönen Tag", sagte der Mann, der jedem einen schönen Tag wünschte. Dem Mann sieht man nicht an, warum er hier sein muss, dachte ich, als ich die Straßenseite wechselte. Er wirkte gesünder und war freundlicher als die meisten meiner Mitmenschen. Gedankenverloren ging ich einige Schritte weiter.

„Sind das Polizeihunde?“, fragte mich plötzlich eine strenge Stimme. Der Mann, der mir entgegenkam, war gepflegt und trug einen eleganten Anzug. „Natürlich sind das Polizeihunde, das sieht man doch!“, antwortete ich mit Blick auf meine beiden Rauhaardackel und versuchte mich an ihm vorbeizudrücken. Er aber hob die Hände, als hätte ich ihm einen Revolver vorgehalten. „Sie dürfen mich nicht festnehmen“, sagte er entschieden, „ich bin unbescholten. Ich habe eine feste Wohnadresse – die Anklage muss mir zugestellt werden!“

„In Ordnung“, sagte ich, „wir werden das berücksichtigen!“ Schnell zog ich die Hunde weiter. Einer von der ganz besonders lustigen Sorte …

Als mir der Mann ein paar Tage später fast an der gleichen Stelle wieder begegnete, erkannte ich ihn nicht gleich – nach seinen ersten Worten aber war sofort klar, wer er war.

„Sind das Polizeihunde?“, fragte er. „Aber das wissen Sie doch schon“, sagte ich etwas gereizt. „Ich bin unbescholten und habe eine feste Wohnadresse“, spulte er seinen Spruch ab. „Die Anklage muss mir zugestellt werden!“

„Sie können sich auf mich verlassen“, versicherte ich und hiermit war mir auch klar, wo seine feste Wohnadresse war. Ich sah ihm nach, wie er den linken Aufgang zum Erfolg nahm und durch die Glastür entschwand. Die Frau mit der Pelzmütze saß diesmal auf der rechten Seite des Aufgangs schon ein paar Stufen weiter oben und schaute durch mich hindurch.

Nach einigen Tagen wünschte mir der Mann, der allen einen schönen Tag wünschte, wieder einen schönen Tag.

Auch ich erwiderte den Wunsch, wie jedes Mal. „Heute regnet es aber wirklich stark", setzte er hinzu. Ich schaute nach oben – der Himmel war strahlend blau. Jetzt war ich verwirrt. „Wie man sich doch im blauen Himmel täuschen kann!", dachte ich, unwahrscheinlich … „Ja, es regnet wieder", bestätigte ich und ging weiter. Gleichzeitig wusste ich: Irgendetwas stimmte nicht mit mir. Ich fühlte mich unsicher – lag das am Regentief …

Wieder ein paar Wochen und viele Schöne-Tage-Grüße später fiel mir auf, dass die Aufschrift auf der rechten Treppenhälfte verschwunden war. Sie war abgerissen, nur ein paar Flecken erinnerten noch an sie. Die Frau mit der Daunenjacke – jetzt ohne Pelzmütze – saß endlich auf der obersten Stufe. Unerwartet huldvoll winkte sie mir zu, indem sie ihr Handgelenk langsam von links nach rechts bewegte – wahrhaft königlich, wenn ich das so sagen darf. Ich winkte zurück.

Gleichzeitig bemerkte ich, dass das pink-violette Netz unter dem Handlauf nicht mehr existierte. Unter dem Handlauf – gähnende Leere. Man konnte darunter völlig anarchisch von der linken auf die rechte Seite wechseln. Wohin das nur führen sollte?

„Die Anklage ist mir immer noch nicht zugestellt worden", beschwerte sich der elegante Herr, als er unvermittelt vor mir auftauchte. Auch dieses Mal hatte ich ihn nicht kommen sehen, obwohl die Straße vor mir frei war.

„Die Anklage, richtig … Mein Herr, Sie wissen doch, die Amtswege …", sagte ich schon ein wenig hilflos, „das kann noch dauern …! Haben Sie bitte Geduld!"

Ich wünschte ihm auch einen schönen Tag.

Als ich heimkam, war ich fest entschlossen, mich persönlich um diese Angelegenheit zu kümmern. Es musste dringend etwas geschehen. Geduld hat schließlich ihre Grenzen! Der Arme wartete schon seit Monaten – es war wirklich ungeheuerlich.

So konnte der Staat mit seinen unbescholtenen Bürgern nicht umspringen!

Ich würde umgehend eine dringende Beschwerde einreichen.

Grüße VON DRÜBEN

Bing. „Madame, ich küsse Ihre Hand. Und noch viel mehr, wenn Sie gestatten …“ Dahinter ein Smiley mit einem Teufelchen. Mona setzte einen zwinkernden Smiley dazu. Das war Max, ein alter Verehrer. Dieselben Worte alle paar Wochen, harmlos.

Bing. „Sie sind bezaubernd. Wann treffen wir uns, nur wir beide?“, schrieb Friedrich B., Bauingenieur. Mona antwortete mit einem Herzchen.

Bing. Ali R. schickte ihr wieder einmal einen Heiratsantrag. „Ich meine es ernst“, schrieb er darunter. Abgehakt.

Bing. „Wenn ich sie sehe, beginnt die Welt zu lächeln.“ Mona schickte auch Thomas R. ein Herz als Antwort.

Nichts Besonderes diesmal. Die üblichen Sätze, die üblichen Angebote der üblichen Freunde. Alle da, keiner fehlte. Nur Gunnar G. hatte lange nicht auf ihre Posts reagiert. Er mochte wohl keine Fotos, auf denen sie andere Männer umarmte. Sie würde diese reduzieren. Und wo war eigentlich BadBoy? Seine feinen Anzüglichkeiten waren wenigstens interessant. Sie müsste wieder einmal ein Foto mit viel Haut und Leder einstellen. – Das zog bei ihm immer.

Die Kavaliere der letzten Wochen waren zum Großteil in ihrem Alter, und das war es, was Mona beunruhigte. Wo waren die Zeiten, als sie Herren umschwirrten, die ihre Enkel hätten sein können? Sie schaute in den Spiegel. Noch war sie ungeschminkt.

Sie betrachtete ihre Haut mit kühlem Blick – ein Arzt, der zuerst die genaue Diagnose stellte, um die richtige Behandlungsart zu wählen. Für eine Frau von 55, fand sie, hatte sie sich gut gehalten. Die unzähligen Zigaretten, tief inhaliert, die zahllosen Flaschen Whisky und Gin – ihr ganzes Leben, das sie unter der Devise lebte: „Genieße es, du hast nur eines!" –, all das hatte sich zwar in ihr Gesicht eingebrannt, es gleichzeitig aber auch interessant gemacht. Auch ihr Körper konnte sich sehen lassen – von hinten konnte man sie mit einer Zwanzigjährigen verwechseln.

Es mochte vielleicht schönere Frauen geben als sie: Mona aber war eine Frau mit Vergangenheit – und sie war stolz darauf.

Vor dem Fenster löste sich der Abend in der Nacht auf. Mona schaltete das Licht ein. „Auf das Leben!", postete sie, während sie die Haut reinigte, das Gesichtswasser auftrug und anschließend die sanft glättende Creme einziehen ließ, „Die Nacht wird wunderbar!", dazu zwei Herzchen, zwei Champagnergläser, rote Lippen und einen Zwinkersmiley.

Bing. „Du sagst es, Süße", antwortete Sabina K. postwendend, und im Sekundentakt poppten hochgestreckte Daumen auf, ein hüpfender Hund, ein Yeah in Zierschrift und eine Hexe, die auf einem Besen ritt. Das machte Laune! Mona zog ihr schwarzes, kurzes Kleid an, trug das Make-up auf und begann, die Wimpern zu tuschen. Sie liebte die Dämmerung, wenn das künstliche Licht und der Schimmer des Make-ups einige Jahre wegzauberten. Jetzt noch den

Lippenstift und die dicke Goldkette, und Mona war bereit für den Beginn eines wunderbaren Abenteuers.

Heute würde sie mit Jürgen M., einem Arzt aus dem Golfclub, ausgehen, der sie schon lange um dieses Treffen gebeten hatte. Jürgen war ein Angeber, der meinte, sie mit seiner dicken Brieftasche beeindrucken zu können. Sollte er. Geld hatte sie selber. Jürgen hatte aber auch Beziehungen zu den richtigen Leuten – und das wiederum machte ihn attraktiv.

Sie würde mit ihm ins Gutmann's gehen, das teuerste Menü und den besten Wein bestellen und sich dann mit einem Vorwand schnellstmöglich von ihm verabschieden.

Eigentlich war es nicht wichtig, mit wem sie den Abend begann. Wichtig war, mit wem sie ihn beendete.

Bing. „Schöne Pics", schrieb Gerhard K.

Bing. „Du siehst klasse aus", tönte Manfred S.

Bing. „Superfrau" – das war Basil Z.

Mona bedankte sich bei jedem mit einem Herzchen.

„Heißt du wirklich Mona?", hatte einmal einer ihrer Liebhaber nach einer langen Nacht gefragt, als wollte er die Unbekannte an seiner Seite endlich wirklich kennenlernen. „Natürlich", hatte sie damals geantwortet. Es war nur die halbe Wahrheit gewesen. Ihre Mutter hatte sie Monika getauft. „Moni" war irgendwann zu kindlich geworden, „Monika", der Name im Pass – altbacken, langweilig und einfach. „Mona" hingegen hatte etwas Verruchtes – etwas Unvorhersehbares, Verrücktes, Glänzendes. Das passte zu ihr.

Wirklich stolz aber war sie auf den Profilnamen, den sie sich ausgedacht hatte. Sie hieß im Netz „MonaMur".

Da steckte ihr Name drin, Mona, gleichzeitig klang es wie „Meine Liebe“ auf Französisch. Und es schwang das Wort „mur“ mit, „Mauer“. Die brauchte sie auch – einen Wellenbrecher, einen Damm, hinter den sie sich zurückziehen konnte, wenn ihr danach war. Und den sie beständig verstärken musste, denn die Brandung dahinter war wild.

Heute war wieder einmal der letzte Tag des Monats. Das war an sich noch nichts Besonderes, und nein, es ging nicht um Geld. Dem, was bald kommen würde – kommen musste, wenn alles so war wie in den Monaten zuvor –, sah sie mit Freude entgegen. Und gleichzeitig mit Angst, dass ein Faden reißen könnte, der sie immer fester einspann in einen wärmenden Kokon.

Bing. „Ich liebe Sie. Testen Sie mich! Sie werden es nicht bereuen!“ Irgendein Major Tom … Mona setzte einen lachenden Smiley dazu. Zwanzig Uhr. Noch vier Stunden bis Mitternacht.

***

Letztes Silvester war die Welt noch in Ordnung. Wie heute um diese Zeit, hatte sie sich auch damals hübsch gemacht, um mit Robert auszugehen – Robert, den sie noch nicht lange kannte, wenn man in irdischen Maßstäben maß, vom Gefühl her aber eine Ewigkeit. Zwischen ihnen war noch die Leichtigkeit der jungen Liebe, gleichzeitig herrschte eine Offenheit, die für sie neu war – und dazu die eigenartige Sicherheit, dass es nach diesem Mann niemanden mehr geben müsste. Sie war der langen Kette von Männern schon lange müde, konnte aber als passionierte Jägerin schon aus Prinzip eine potentielle Beute nicht entwischen lassen. Sie war eine Katze, die Mäuse jagte, obwohl sie satt war. Bei

Robert aber hatte sie das Gefühl, die Jagd nicht mehr zu brauchen – genauso wie die Mauern und Dämme in ihrem Leben. Robert war auch der Einzige, der es gewagt hatte, ihr zu sagen, dass er ihren Profilnamen albern finde. Und dem sie es nicht übel genommen hatte …

Sie war fasziniert von seiner Fähigkeit, Menschen von innen leuchten zu lassen – seine Porträts wirkten, als ob hinter ihnen eine Lichtquelle stehen würde. Sie waren nicht naturalistisch, sondern mit wenigen dynamischen Strichen verfertigt und zeigten den abgebildeten Menschen besser als das schärfste Foto. Robert hatte auch die Fähigkeit, unbelebte Gegenstände durch eine Art Wellentechnik in Bewegung zu versetzen, ohne dass sich diese vom Fleck rührten. Wie van Gogh in seinem berühmten Nachtbild die Sterne am Himmel kreisen ließ oder sich in seinen Tagbildern die gelben Felder im Wind wiegten, ließ Robert Naturkräfte und Gedanken wie Lebewesen sichtbar werden. Seine Bilder sprachen und warteten auf Antwort. Man hatte Lust, in sie hineinzusteigen und sich verwandeln zu lassen, um ein leichterer, ein lebendigerer Mensch zu werden.

Robert hatte auch Mona aus ihrem Leben hinter Mauern befreit. Sie fühlte sich ihm gegenüber wie ein junges Mädchen – unsicher, unerfahren. Mit ihrem Kokon hatte sie auch die Härte und Schroffheit abgestreift, mit denen sie den Menschen oft gegenübertrat und diese abstieß. Die dünne Haut darunter war verletzlich – und Mona konnte diese Verletz-lichkeit nicht einmal mehr kaschieren. Das war ein ganz neues Gefühl, über das sie sich noch wenige Gedanken machte. Dafür genoss sie Roberts Zuneigung und seine Lebensfreude in vollen Zügen. Sie liebte seine Hände, wenn sie den Pinsel führten, die Wirbel in seinem Haar, Roberts Geruch nach Ölfarbe, seine wachen Augen und seine Sprache, die nie laut und nie verletzend war.

Als am Stadtplatz die Domglocken zeitgleich mit dem Silvesterfeuerwerk untrüglich den Jahreswechsel anzeigten und der Donauwalzer aus den verschiedenen Lautsprechern zur unvermeidbaren Kakophonie verschmolz, küsste er sie zum ersten Mal im neuen Jahr. Seltsam war das: Dieser Augenblick – so genussvoll er auch war – zeigte gleichzeitig seinen Januskopf: Die Vergangenheit – ob sie nun Freude oder Trauer gebracht hatte – kannte man. Die Zukunft aber war völlig offen – ein gähnender schwarzer Abgrund.

Wie würde es weitergehen? Mit ihr? Mit ihnen? Mit allem?

Diese Gedanken waren jedoch bald verdrängt. Mona und Robert stießen auf das neue Jahr an, schauten den am Himmel aufplatzenden Farbbomben zu – zischenden Sternwerfern, sirrenden Schleifenschreibern. Sie waren beschäftigt, einander inmitten der drängenden, sich zuprostenden Menge nicht zu verlieren, umarmten Freunde, wurden umarmt, waren auf der Hut vor den unberechenbaren Bodenkrachern und stiegen über zerborstene Flaschen. Sie ließen sich trunken treiben in diesem Schwarm, dieser Blase aus „Prosit Neujahr" krakeelenden Unbekannten, die ihre aufgestaute Spannung in leidenschaftlichen Umarmungen aufzulösen trachteten und gleichzeitig auf ein Wunder hofften – ein neues Licht, das aus dem Dunkel des alten Jahres treten und ihnen im Abgrund des neuen leuchten würde.

Als Robert sich nach einiger Zeit verabschiedete, um zu seinem Auto zu gehen, waren sie plötzlich wieder nüchtern. In zwei Tagen sollte er seine erste Ausstellung in Übersee präsentieren – eine große Chance für einen aufstrebenden europäischen Künstler, und es war hohe Zeit, zum Flughafen zu fahren. 400 km Fahrt im Auto – wenn er jetzt losfuhr, würde er es zum Einchecken gerade noch schaffen. Ein plötzlich ungutes Gefühl in der Magengrube überspielte Mona mit Coolness – schließlich wollte sie keine Glucke sein und sich auch nicht an ihn hängen wie ein unreifer Teenager. Vielleicht war es nur ihre Angst, gerade heute allein zu bleiben.

„Ich bin ja nicht lange weg", sagte er, als er ihre Traurigkeit bemerkte, und drückte ihre Hand fest. Sie wusste, dass sie ihm den Abschied weder schwer machen noch diesen, nach einem Blick auf die Uhr, hinauszögern konnte. Es blieb nichts übrig, als ihn hinter sich zu bringen. Das war nicht die Art, wie man sich sein erstes Silvester vorstellte, aber:

Robert würde wiederkommen, und dann würden sie genau hier anschließen, an diesem Abschiedskuss. „Schreib mir, wenn du am Flughafen bist", bat sie nach einer letzten Umarmung, er winkte ihr noch einmal zu und war schon in der feiernden Menge verschwunden. Sie schluckte die Tränen hinunter, ging zu den Freunden zurück, die nicht weit entfernt auf sie warteten, und prostete ihnen zu. Bald tauchte sie ein in die allgemeine Fröhlichkeit.

Nach dem letzten Drink in einer der wenigen Bars am Fluss, die noch offen hatten, und dem x-ten Blick auf das Handydisplay, das zwar Neujahrswünsche aus aller Welt, aber keine Nachricht von Robert zeigte, löste sich Mona aus der Gruppe ihrer Freunde und machte sich auf den Heimweg. Eigentlich müsste Robert schon am Flughafen angekommen sein … Ehe sie sich ins Bett fallen ließ, versuchte Mona ihn noch anzurufen. Es kam gleich die Box – kein Akku wahrscheinlich. Sie war zu betrunken, um sich große Sorgen zu machen.

***

Bing. Thomas F's Kussmund, in dem er eine rote Rose hielt, riss Mona aus ihren Gedan-ken. Sie antwortete, unwillig über die Störung, ebenfalls mit einem Kussmund und bedankte sich anschließend bei irgendeinem Ramon Gonzales, der ihr ein schönes Wochenende wünschte.

Mona hatte mit einem Mal keine Lust mehr auszugehen. Viele lieber wollte sie weiter an Robert denken, ohne Unterbrechung, dumme Fragen, sinnbefreite Wünsche und Gespräche. Sie wusste aber auch, dass sie sich, alleine zu Hause, wahrscheinlich nur wieder sinnlos betrinken würde. Und wenn sie etwas nicht mochte, dann war es Undiszipliniertheit. Mona würde gehen, weil sie es versprochen hatte, basta. Sie wählte den Taxiruf.

Während sie sich fertig machte, kehrten ihre Gedanken wieder zurück zu jener Silvesternacht.

***

Nach tiefem, traumlosem Schlaf wurde Mona gegen Mittag, noch völlig verkatert, durch einen Anruf geweckt. Ob Mona Nachrichten gehört habe, fragte ihre Freundin Marina. Konrad und Richard stellten dieselbe Frage. „Könnte es sein, dass ...?"

Mona las im Internet die Nachrichtenzusammenfassung. Zuerst die Meldungen von der relativ ruhig verlaufenen Silvesternacht, den wenigen Böllerunfällen im Vergleich zum letzten Jahr, dem ersten Neujahrsbaby sieben Minuten nach Mitternacht – und dann kam es: „Kurz nach der Grenze kam es zu einem folgenschweren Unfall auf der Autobahn … Ein schwarzer BMW prallte mit hohem Tempo ungebremst gegen die Mittelleitschiene … überschlug sich ... landete auf der Gegenfahrbahn … für den Fahrer kam jede Hilfe zu spät … Fremdverschulden ausgeschlossen …“ Und dann das Foto: Ein total zertrümmertes schwarzes Auto, dessen Nummernschild beim Heranzoomen aber gut zu lesen war:

Es war Roberts Wagen, ohne jeden Zweifel.

An die nächsten Tage, die sie im Bett verbrachte, konnte sich Mona nur bruchstückhaft erinnern. Wenn sie aus ihren Albträumen erwachte, schluckte sie eine Handvoll Tabletten und spülte diese mit Whisky hinunter. Die Vorhänge blieben die ganze Zeit zu. Sie aß einige Bissen, wenn jemand ihr Essen brachte, ging keinen Schritt aus dem Zimmer. Alle Versuche ihrer Freunde, sie abzulenken, scheiterten.

Irgendwann stand sie auf, schaute in den Spiegel und übergab sich. Nachdem sie im Bad gewesen war, setzte sie sich mit steinernem Gesicht aufrecht an den Tisch und starrte auf den Schlitz zwischen den Vorhanghälften, durch den trübes Tageslicht in den Raum drang. Dann zog sie sich an.

Das Leben musste weitergehen – und basta!

***

Es begann einen Monat nach Roberts Tod, einem Monat, in dem Mona mehr tot als le-bendig war. Mit Hilfe von Schminke und einem Schluck Whisky zur rechten Zeit schien sie auf den ersten Blick äußerlich ungebrochen – einen zweiten auf sie zu werfen wagten die meisten ohnehin nicht. Mona hatte begonnen, im Netz öffentlich zu trauern. Sie postete Fotos von sich und Robert, von sich vor Roberts Bildern, von sich hinter schwarzem Schleier. Die Anteilnahme war enorm. Bing. Bing. Immer wieder Tränenaugen, schwarze Hände mit roten Rosen. Bing. „Ist das ER?“, fragten manche. „Ja, ER“, antwortete Mona. Schön, dass so viele

Menschen Robert kannten. Bing. Fotos mit Blick auf weites Wasser, Sonnenuntergänge, tiefsinnige Sprüche.

Mona war jetzt so etwas wie Roberts Witwe. Bei jedem der Schreibenden bedankte sie sich persönlich.

In einer Nacht, kurz nach drei, machte es wieder einmal „Bing". Um diese Zeit schrieb ihr selten jemand … Verschlafen und erschrocken schaute Mona auf das helle Display. Es war eine Message von einem DarkAngel. Sie kannte niemand mit diesem Namen. Wer sollte das sein?

DarkAngel schickte einen Musiktitel ohne jedes persönliche Wort dazu: „Dancing to the end of love". Mona drückte den Play-Button. Als die Musik den Raum erfüllte, begann sie zu weinen.

„We're both of us beneath our love, we're both of us above Dancing to the end of love … "

Sie hörte das Lied noch einige Male. Beim letzten Mal war die halbe Whiskyflasche leer und Mona weinte nicht mehr. Mit Cohens Worten im Ohr schlief sie ein.

„Wer bist du?", schrieb sie am nächsten Tag zurück. Keine Antwort. Mona wartete, DarkAngel reagierte nicht.

Als sie das Warten schon lange aufgegeben hatte, machte es erneut „Bing", und wieder war es Nacht, kurz nach drei. Diesmal war Mona mit Freunden unterwegs. Sie sah DarkAngels Nachricht und steckte nach kurzem innerlichem Kampf das Handy wieder in die Tasche. Sie würde das, was er geschickt hatte, erst anhören, wenn sie allein war.

Daheim legte sie sich ins Bett und schaltete das Licht aus. Dann drückte sie auf Play. „Killing me softly with his song" von Roberta Flack – die über vierzig Jahre alte Version, welche sie aus ihrer Jugendzeit kannte. Das Lied erinnerte sie an die Zeit ihrer ersten Liebe und ihrer Sehnsucht nach jenem Mann, welche in dieser Intensität nur Robert wieder in ihr wachgerufen hatte.

Wer war DarkAngel? „Melde dich", hatte sie noch einmal geschrieben, „oder lass es!" Kei-ne Reaktion.

Das dritte Mal schickte DarkAngel „Shallow" von Lady Gaga und Bradley Cooper, einen Song, den Robert und sie geliebt und immer wieder gehört hatten. Mona kannte den Text auswendig und sang die Worte leise mit:

„I'm off the deep end, watch as I dive in
I'll never meet the ground
Crash through the surface, where they can't hurt us
We're far from the shallow now … "

Ihr war jetzt klar, dass es sich hierbei um eine bewusst gesetzte Botschaft handeln musste. Das „Bing" kam wie die ersten beiden Male kurz nach drei, in der Nacht des Monats-letzten auf den Monatsersten.

Es war der Zeitpunkt, an dem Robert gestorben war.

Danach folgten, immer zum selben Datum und zur selben Uhrzeit, weitere Lieder, manchmal auch Texte, die sie liebte oder lieben lernte.

Jemand kannte ihren Geschmack. Jemand meinte wirklich sie.

Die Monate nach Roberts Tod vergingen zuerst langsam, dann immer schneller. Mona hatte ihr altes, ruheloses Leben wieder aufgenommen – die Jägerin jagte, und die Opfer erlagen ihr gern. Sie gab jedem das stolze Gefühl, Teil ihrer Beute geworden zu sein, und jeder verzieh Mona gern, dass sie nahm, wann sie wollte, rief, wenn ihr danach war, und ihr Jagdwild anschließend wieder vergaß, für kurz, lang oder ganz. Und DarkAngel schick-te seine Botschaften – verlässlich, treu.

An der Tür läutete es und Mona wurde wieder aus ihren Gedanken gerissen. Der Taxifahrer – Zeit, das Date mit

Jürgen M. hinter sich zu bringen. Noch sieben Stunden bis drei Uhr früh …

***

Mona hatte das Dinner mit Jürgen M. nach angemessener Frist charmant beendet und Antonio R., einen der jungen, interessanten Nachwuchsfotografen, den sie nach ihrem anschließenden Besuch in der Havanna-Bar abgeschleppt hatte, freundlich, aber bestimmt aus ihrer Wohnung komplimentiert. Er würde es ihr nicht übelnehmen.

Es war wieder Monatserster, und sie wollte allein sein, wenn die nächste Botschaft kam.

Gleich drei Uhr. Mona machte das Fenster weit auf, um die letzten Geruchsspuren des fremden Mannes hinauszulassen, schloss das Fenster, drehte das Licht ab und legte sich ins Bett. Ein Schluck noch aus der Whiskyflasche … Dreißig Tage hatte sie auf DarkAngels Grüße von drüben gewartet – Grüße aus jener anderen Welt, in der Robert nun sein musste. Dreißig lange Tage würde sie danach wieder warten. Auch sie würden vergehen.

Schon lang fragte sie sich nicht mehr, wer DarkAngel war. Ein Mensch? Jemand, den sie gut kannte? Der sie gut kannte? Aber vielleicht war DarkAngel doch – eine Art Engel? Sie hatte nie an Geister geglaubt. Jetzt wollte sie glauben – zumindest an einen guten Geist, der sie mit Robert verband. Zu viel wollte sie gar nicht wissen – Hauptsache, DarkAngel vergaß nicht auf sie. Hauptsache, Robert vergaß nicht auf sie.

Bing. Kurz nach drei. Das Display wurde hell. Mona drückte auf Play.

In den Raum strömte die d-Moll-Sonate von Scarlatti,

gespielt von Emil Gilels – ein einziges großes Ausatmen. Mona ließ sich von der Musik treiben, wiegte sich auf DarkAngels sanftem Flügel. Wiegte sich in Roberts Armen.

Es war nicht wichtig, mit wem sie den Abend begann.

Wichtig war, mit wem sie ihn beendete.

***

CHRISTA STIERL

Christa Stierl, geb. 1960 in Linz, studierte Slawistik in Salzburg, wo sie seit 1987 lebt. Sie arbeitete lange Zeit als Russischlehrerin und Übersetzerin und ist jetzt als Schriftstellerin, Theaterpädagogin und Lehrerin für Deutsch und Ethik tätig. Christa Stierl schreibt Geschichten für Kinder, Biografien, Gedichte und Prosa.

ZULETZT ERSCHIENEN:

Gerechtigkeit für Ikarus, 2018
Der Stehaufmann, 2016
Die Erdsammlerin, 2014
Landlos, 2013
Schwanenflug, 2012
Fliegen können, 2011